U0029221

——伏魔者聯盟——

郭箏

目次

走進奇詭絢麗的平行小宇宙

大作家郭箏說故事的能力眞不是蓋的，文字淺顯易懂，讓人十分容易入戲。而他描寫人物的技藝也是爐火純青，不囉唆又字字珠璣，往往用逗趣又簡潔的方式，讓角色性格活蹦亂跳，碰撞出的火花極為絢爛亮眼。

——**喬齊安**（32歲，運動評論專欄作家）

一說起史詩般格局，我會肅然起敬恍若面對無垠闊遠浩渺，可惜不少所謂的史詩級鉅著過於高深，恕我智缺難解。《大話山海經》嬉遊於神話、武俠、歷史、推理、奇幻間，兼具史詩般恢宏和市井般鮮活，不至於插科打諢過頭令我感到油膩，也不會引經據典過度讓我卻步，亦莊亦諧亦脫俗，有料爽口，好像看到我心目中遙不可及的《山海經》下了神桌，輕快接地氣。

——**嘎眯**（45歲，上班族）

故事裡的每一個異獸與鬼怪，既有獸性，卻又帶著人性，偶爾毫無忌諱的對話，雖怪奇色彩頗濃且俚俗直白，卻也讓我們可以看見善意的自己，也看見沉淪的自己。

——**曖曖內含光**（47歲，公務人員）

郭箏大俠的寫作很喜感，在喜感當中把一些負面情緒淡化了，不帶太多說教意味，讓人一不小心就看完了，同時覺得意猶未盡。

——**李肯特**（37歲，國中教師）

對我而言，一篇小說最大的魅力，在於引人入勝的情節和極具特色的人物，因爲我不是什麼小說評論家，只是一個喜歡情節高潮迭起、對話幽默有趣的平凡讀者。不得不說，郭箏的創作威力太吸引人，滿足我對武俠、奇幻、神話、富含教育意義的歷史小說的想像，尤其令人捧腹大笑的情節深得我心，讓我一頁一頁地翻下去，進入無我之境，視3C產品爲無物。

——**郁愁**（22歲，大學應屆畢業生）

郭箏讓我懷想起小時候沒網路的時代，《中國時報》文藝版連載是我閱讀新文章來源，〈好個翹課天〉就令我印象深刻。他的風格鮮明，就算是寫古裝武俠，還是很現代口吻，劇情緊湊又具喜感，很適合現代年輕人閱讀。

——**ㄚ芬**（51歲，建築業）

小說的許多場景很現代，對話除了特意加上的古語外，也帶現代感，所以有一種惡搞般的趣味。另一特色是劇情的轉折快速，不斷在不同場景加入不同人物，且永遠想像不到下一步是什麼。雖然常是前幾集出現過的人物，有時會搞不清楚誰才是主角，但如果已看過前幾集，應該會覺得是豪華明星陣容吧。

——**MRW**（40歲，工程師）

自序

神與妖的人間喜劇

《山海經》，知道的人多，讀過的人少。

如今只要是有點神話色彩的故事，都會被冠上「出自《山海經》」。嫦娥、盤古、青龍、白虎等等等等，一大堆並不出自於《山海經》的野孩子在臺上搔首弄姿；至於那三、四百個親生兒女，武羅、帝江、長乘、勃皇等等等等，反而被人遺忘了。

那些被遺忘的嫡子落難於何方？

一向喜歡收留各路神明的道教，只收留了女媧、祝融、后羿，以及經過整容變造的西王母。

其他的呢？爲何沒進收容所？

他們在商、周時代應該是被人廣泛崇拜過的，否則不會留下歷史紀錄。

他們的消失是個謎，好像還沒有人能夠找到答案。

我寫《大話山海經》，非關學術，也無意替崑崙眾神翻案，只是小說。

這一系列小說用的是比較少見的方式，不屬於《哈利波特》、《三劍客》的大河連續式，也不屬於「福爾摩斯」、「楚留香」的單元連續式。

我用的是類似巴爾札克的《人間喜劇》式。

整套小說分成七冊，每一冊都是獨立的故事，主角、配角都不一樣，但他們都會在各冊之中穿梭來去，沒有「領銜主演」、「客串演出」之分。A是第一冊的主角，在第二、三、四冊裡可能變成了配角；一、二、三、四冊中無足輕重的小配角，讀者卻赫然發現他是第五冊的主角，如此或更像眞實人生，小配角終有一天會成爲大主角。

我希望讀者不要被出版的先後次序所迷惑，因爲各個故事互不干犯，順著看是一種感受，跳著看或倒著看可能會是另外一種感受。

能讓大家獲得一些新的閱讀經驗，就算完成了我小小的心願。

主要角色簡介

莫奈何　個性憨厚傻氣的小道士。鍾情於梅如是。曾與櫻桃妖等征妖除魔。接連受封爲夏國、高麗、大宋等國國師，外加崑崙天庭「蓋天印」，人稱「八印國師」。

梅如是　當今世上唯一女性鑄劍師，並成爲軍器監的劍作大將。外表柔美，性情堅韌。自小與表哥顧寒袖訂有婚約，然因個人事業使婚事陷入僵局。

顧寒袖　權知開封府。曾出賣靈魂給惡魔，經崑崙之丘一役才重回人類原形。後以時務策高掛金榜，之後仕途一路高升。然書生本色，對實務一竅不通。

櫻桃妖　七千年道行。本相是身長六寸的小紅人兒，可以化爲小丫頭、少婦與粗壯大娘三種人形。覬覦莫奈何童男元陽，一人一妖因朝夕相處而心生微妙情感。

王梳雲　高麗國王的妹妹，夫婿爲「劍神」呂宗布。濃眉大眼，性格爽朗，嗜酒如命。

呂宗布　三大劍客之一，人稱「劍神」。俊挺傲氣，曾與一干英雄解救高麗國之危。

羅達禮　昔爲敗德浪蕩的紈褲子弟。洗心革面後，與菌人並肩作戰，受到女媧信任。曾與霍鳴玉指腹爲婚，後因蹴鞠結識並心儀黎翠。

黎　青　西王母第三百零五代徒弟，曾在百惡谷掌管天下瘟疫病毒的姐妹。

黎　翠　姐姐黎青是個胖妞，死而復生；妹妹黎翠美豔照人，一度化身爲蹴鞠隊高手。

崔吹風　天下第一樂師。英俊且性情溫和。實是火神祝融後裔，氣憤時彈琴，可將最堅固城池燒成粉屑。娶音兒爲妻，並成爲大瞿越駙馬爺。

音　兒　水神共工之女。曾僞裝成洗碗工以追查世仇火神後代，後反結爲歡喜冤家。大瞿越國主收爲義女。模樣可愛，聲音悅耳，但一開口就沒完沒了。

文載道　曾與顧寒袖並稱「江南二大才子」。一度摔壞腦袋，過目即忘。誤打誤撞得到后羿神弓，射下爲害高麗的九顆妖陽，並成爲夏國的駙馬爺。

霍鳴玉　形意門門主霍連奇的獨生女，接掌形意門。與羅達禮訂有婚約。心上人姜無際失蹤後，愁容滿面。因服用櫰果，緊急時會變成神力女巨人。

姜無際　天下第一神捕，破案率百分之百。好女色，臉龐英俊卻時而透露滄桑神情。實爲夸父後代。擁有穿越時空的神力，爲了眞愛霍鳴玉，迷失在時間迷宮中。

女　媧　崑崙山神祇。少言語，輩分高。曾鍊石補天，泥塑出人類，然對「作品」不滿意，而起了毀滅之心，以寶盒鎖鎖足以殺盡人類的十二星宮魔王。

十二星宮魔　王　由黃道十二星座光燄形成的大魔王。黃道十二宮源自西方古國巴比倫，唐朝時經由佛經傳入中原。包括魔羯、寶瓶、金牛、雙子、獅子、處女、天秤等。

燕行空　刑天第三百零三代子孫——刑空。沒有腦袋。持金斧、銀盾。萬年前於崑崙山大戰時，與妖魔首領魔尸一同墜入陰陽斷崖。

中原人類是由女媧所造，但人類兩千多年來的劣跡讓她看不下去，而起了毀滅之心。她有一個寶盒，裡面鎖著十二星宮魔王，一旦釋放，中原人類勢必被殺得一個不剩。

暴風雨後的海邊，異常寧靜。

一個龐大的東西慢慢漂了過來，像是一艘黑色的大船，更像是一座會移動的黑色島嶼。

那東西漂到岸邊，原來是一條巨鯨。

牠已死亡多時，身上的肉被其他的魚啃去大半。

殘破的軀體終於擱淺在沙灘上，靜待時間與蛆蟲將牠化為腐臭的空無。

牠的肚子裡突然閃出一道光。

一道不屬於人間的光，一道不可能更璀璨絢爛的光。

一道末世之光。

酒館裡的惡客

「大中祥符」三年四月六日。

濱海的登州城不甚大，只有一家酒館。

這日，全店上下雞飛狗跳，因爲來了個從未碰過的難纏客人。

「這酒難喝極了，還有沒有更辣的？」這客人的嗓門雖大，卻不太惹人討厭，因爲她是個年輕女子，濃濃的眉毛壓著大大的眼睛，紅紅的嘴唇配著白白的牙齒。

如此美女，當然很難令人認眞計較，但是她對於酒的品味眞讓人無所適從。

老闆親自上陣鞠躬哈腰：「姑娘，本小店一共只有八種酒，都讓您嘗過了，您再不滿意，我們也沒辦法了。」

姑娘瞪起了大眼：「什麼叫作沒辦法？辦法都是人想出來的，想不出辦法的人都是廢物！」

老闆又哈腰：「是是是，我們都是廢物。」

姑娘的大眼睛眨呀眨，鼻子皺啊皺，突地大哭出聲：「我才是全天下最大的廢物！沒有人比我更廢！嗚嗚嗚……」

她一把抱住老闆，眼淚鼻涕把老闆的衣服弄得跟河裡撈起來一般。

老闆手足無措：「姑娘節哀順變……」

「節哀順變？」那姑娘頓時止住哭泣，兇狠的抓住他衣領。「你怎麼知道我家死了人？你跟他們是一伙的？」

老闆只是隨口安慰，不料惹來了大麻煩，慌得沒個是處：「我沒跟誰一伙，姑娘，我只是隨便講講……」

「這種事也能隨便講講？」那姑娘愈發兇狠的把拳頭舉到他眼前。「說！是不是我表弟派你來的？」

「妳表弟是誰？我不知道啊！」老闆縮起脖子，哭喪著臉。「姑娘喝醉了，不要胡亂牽拖。」

一個腦筋混沌的店小二在旁打圓場：「妳表弟死了，難免心情不好，本小店後面有躺椅，去那兒歇一會吧。」

那姑娘怒吼：「誰說我堂叔死了？就是他殺了我哥！」

老闆、小二都道：「妳剛剛在說你表弟，不是堂叔。」

姑娘怒道：「我表弟就是我堂叔。」

「姑娘眞的喝醉了。」老闆誠懇建議：「不管是妳的表弟還是妳的堂叔，他們兩個殺了妳親哥，妳就該快點報官。」

「爲什麼是兩個人殺了我哥？」那姑娘又揪住老闆。「還有一個人是誰？快說！」

老闆頭大如斗：「唉唉唉，不管一個還是兩個，反正快報官！」

「報什麼官？」那姑娘切齒：「我要報大宋皇帝！」

老闆乾咳兩聲：「姑娘好像不是中土人氏？在我們這兒，兇殺案是要報給官府衙門，不是報給皇帝。」

姑娘滿口酒氣，身體不停前後搖晃：「我家的兇殺案，就是要報給大宋皇帝！」

「妳又不是皇親國戚，皇帝管妳那麼多？」

正扯不清楚，忽從門外走入一個中年女子，眉目粗獷，體格精實，朝著那姑娘冷冷道：「王梳雲，到外面來一下。」

老闆心想：「原來這個扯不清楚的姑娘名叫王梳雲。」

「梳雲」姑娘把眼一翻：「妳是誰？」

中年女子道：「我是太太。」

「什麼太太？」

「太太就是太太。」

「我問妳是誰的太太？」

「我不是誰的太太，我就是太太。」

老闆又忖：「這個更扯不清楚！」

了。

梳雲打個酒嗝，稍微清醒了些，聳然一驚：「妳是『渤海太氏十六騎』的人？」

話沒說完，已聽見外面馬蹄聲爆起，老闆探頭一看，酒館已被另外十五騎人馬包圍住了。

太氏十六騎

梳雲大步走出酒館，先蹲在地下嘔吐了一陣，才直起身子大罵：「酒這麼難喝，還會吐？酒量愈來愈退步了。」

領頭的五十開外的漢子冷笑道：「早就聽說高麗公主嗜酒如命，不料妳亡命國外，惡習還是不改。」

梳雲遊目掃過那群精悍的騎士：「誰是太大？」

名叫「太太」的中年女子隨後從店內出來，指著眾人一一介紹：「那是我們的首領太大，那是太驃悍、太黑、太美麗、太師椅、太壞、太甜、太過分、太帥，太絕、太囂張、太鬆、太棘手、太平、太厲害。」

梳雲冷冷道：「王詢派你們來殺我？」

太大嘿然一笑：「王詢哪有資格支使咱們？」

「所以你們是『大遼』派來的？」

太過分哼道：「原來妳還沒喝醉。」

「這又干大遼什麼事？」

臉方方的太師椅道：「你們高麗內亂，大將康肇殺了妳哥哥王誦，然後由妳的堂叔兼表弟王詢繼位，簡直亂七八糟！」

頗美豔的太甜嬌笑道：「你們王家的關係眞亂，叫人看不下去。」

並不英俊的太帥接道：「因此大遼天朝準備出兵弔民伐罪，解高麗百姓於倒懸。」

梳雲呸了一大口：「說得倒好聽，大遼只是想乘火打劫而已，卑鄙至極！」

太囂張道：「人必自侮而後人侮之，你們自己一塌糊塗，就休怪別人出兵干預。」

梳雲指著他們大罵：「你們也不想想，當初你們『渤海國』被大遼滅國，我們高麗幫了你們多少忙，不料你們如今居然成了大遼的走狗，做人怎能無恥到這種地步？」

太氏十六騎不由面露羞愧之色。

渤海國

渤海國是由靺鞨族建立的國家，疆域大致在中原的東北一帶，與高麗國毗鄰，於唐朝武則天時期建國，開國君主叫作大祚榮，歷代子孫便以「大」爲姓。

後來西邊的契丹族崛起，建立「大遼」，不斷的壓迫他們，終於在八十四年前盡占他們的領土。

渤海國滅亡後，大部分國人流亡進入高麗，另有一部分留在大遼境內，其中一支皇族改姓「太」，十六騎就屬於這一支。

磕頭蟲的絕招

太大老羞成怒，喝道：「大丞相知道妳跟大宋國師莫奈何的關係不錯，定會來大宋討救兵，告訴妳，妳想都別想。」

梳雲道：「莫奈何也是我們高麗的國師，當然會傾全力幫助我們。」

太美麗笑道：「莫奈何也是大遼的國師，難道不會幫助我們？」

酒店老闆在店內聽得莫名其妙。「這個什麼莫奈何的本領怎麼這麼大？這些敵對的國家都奉他爲國師，他到底要站在哪一邊？」

他若知道莫奈何身掛八國的國師印，恐怕會驚得牙都掉光。

太驃悍早已不耐煩：「跟她廢話那麼多幹嘛？殺了結了！」

他話才一出口，梳雲就跪下了：「各位好漢，何必欺負我這個弱女子？」

太甜唉道：「還以爲她多厲害，原來這麼不中用。」

太絕笑道：「光是下跪太便宜妳了，要對我們磕十六個響頭才行。」

梳雲道：「我這就磕！」果真磕了下去。

太氏諸人放聲蔑笑的同時，梳雲頸後驟然射出兩道寒光，一射太絕，一射太驃悍。太驃悍的反應快，頭一低躲過；太絕則被射中咽喉，登即倒跌下馬，氣絕而死。

眾人定睛一看，卻是兩支緊背低頭花妝弩。

太太叫道：「這王梳雲渾身都是暗器，大家防著點！」

梳雲已然跳起身子，雙手齊揚，又是四枚飛鏢；雙腳一踢，射出兩支腳底箭。

剩下的十五騎被她鬧得陣形大亂，梳雲乘隙衝出重圍。

太大喝道：「追！」

渤海國人的馬術極佳，馬種又好，就算梳雲再會跑，也逃不過他們的追擊。

千鈞一髮之際，一匹更快的馬閃電般的從後面超過他們，奔到梳雲身邊，馬上騎士一伸手就把梳雲拉上馬背，再如閃電一般消失在太氏諸人的眼睛裡。

從太大到太太全都傻了。「世上怎麼可能有這麼快的馬？」

燕山飛馬

那騎士載著梳雲馳到城外，才放慢了馬的速度。「姑娘，他們為何要追殺妳？」邊說話邊回過頭來，是個英挺得好比雕像的青年。

梳雲不免臉一紅：「只就是江湖仇殺，沒什麼好說的。」一口酒氣噴到青年臉上，青年忍不住閃了一下。

梳雲哈哈大笑：「你的酒量不行。」

青年劍眉一挑，頗不服氣：「有機會一定跟妳較量一下。」

「你輸定了。不過，爲了謝謝你救我一命，我讓你三壺燒刀子。」梳雲毫不避嫌的把下巴放在他的肩膀上。「你這馬是什麼品種，爲什麼這麼快？」

青年微微一哂：「其實牠並非出自什麼名門世家，都是我餵得好。」

梳雲笑罵：「你胡說，當我是外行人，僅只餵得好，管什麼用？」

「我沒騙你。」青年說。「妳看過《山海經》嗎？」

「又是《山海經》！」梳雲皺眉。「最近這一年，大家都流行談論《山海經》。」

「《山海經》的〈中山經〉中有記載，高梁之山生長一種葵草，開紅花，果子如同豆莢，馬吃了這種果子就很會跑。我就是用這果子餵馬，果然有效得很。」

梳雲道：「瞧你的身手，不是一般，你師承何門何派？」

青年道：「我是『燕山派』的，大家都叫我『燕山飛馬』。」

「哈，我聽說過你，『燕山飛馬』宇文盡忠，都說你的馬很神奇，不料今天居然能騎在牠身上。」

「妳呢？」

「我名叫王梳雲，是高麗國君王誦的妹妹……」

「原來是位公主？失敬了。」

「去年六月，有個奸臣金致陽企圖篡位，我與我的夫婿『劍神』呂宗布……」

宇文盡忠大驚：「呂大俠是中原武林的三大劍客之一，妳竟是他的夫人？」

「是啊。」

宇文盡忠既知她乃有夫之婦，頓即變得侷促，身體盡量往前移，不欲跟梳雲有任何接觸。

梳雲哈哈大笑：「幹嘛這麼拘於世俗之禮？我們同騎共濟，沒事兒。」反而雙手抱住了他的腰。

宇文盡忠放鬆了些：「那個姓金的奸臣想必無法得逞。」

「我們夫妻與國師莫奈何、『顫抖神箭』文載道等一干中原好漢粉碎了金致陽的陰謀，但我哥先前已徵調邊關大將康肇回來平亂，不料那康肇率兵進京之後，竟找藉口殺了我哥哥，擁立我的堂叔兼表弟王詢繼位爲王。」

「啊？又是堂叔又是表弟？」

梳雲咳了一聲，有些尷尬：「這其中的內情有些……呃，有些複雜，不說也罷。反正，王詢還想除掉我倆，我就跑出來啦。」

「那妳現在打算怎麼辦？」

「我要去開封，請大宋皇帝出兵。」

「這……談何容易？」

「聽說大宋皇帝是個明君，他一定會替我們伸張正義。」

「大遼想要乘機併吞高麗，所以才派渤海十六騎阻止妳的行動，至於王詢就更不用說了。這一路上想要伏擊妳的人一定不少。」宇文盡忠想了想。「我一個人保護不了妳，不如先尋求官府的協助，護衛妳上路。」

「可我又不認識什麼官府，他們會聽我的嗎？」

「萊州知州龍列是我的父執輩，我可以去拜託他幫忙。」

「還好碰到了你。」梳雲由衷感謝。「等下一定要請你喝幾大壺。」

微服出遊

從登州至萊州大約兩百里，宇文盡忠的飛馬不須半日就已來到州衙外。

宇文盡忠道：「我先進去通報一聲，妳在外頭等一等。」

梳雲尋思：「宇文少俠真是古道熱腸，世界上這種人已不多見。」

沒過一盞茶時間，宇文盡忠出來了：「知州去了城外的『白鶴觀』，我們上那兒去找他。」

知州龍列在偏殿接見他們，本還沒啥興趣的露出無聊之色，但聽完梳雲的陳述，臉色變得凝重，遲疑了大半晌，才道：「妳想面稟官家？」

宋時臣民多半以「官家」或「聖人」稱呼皇帝。

梳雲才一點頭，龍列便壓低了嗓門：「其實，官家就在此觀之中。」

梳雲既驚又喜：「眞的嗎？」

龍列悄聲道：「官家微服出遊，想上嶗山去尋訪仙跡，這兩日正好駐蹕於此。」

大宋皇帝趙恆篤信道教，前年年初有一塊黃帛掛在「承天門」門樓頂的鴟尾之上，取下一看，帛上畫著一些奇奇怪怪的圖形，他認爲是天書，便即改年號爲「大中祥符」，因此他到處尋仙訪道並不足爲奇。

住持的房間建在殿側的小山坡上，這幾天讓給皇上居住，數名身著常服的內侍與隨扈在外警戒守候。

龍列帶著梳雲來到房外，幾經通報才獨自進去奏報。

梳雲天不怕地不怕，但想到此乃關鍵時刻，也止不住心臟緊縮、手腳微顫。

好不容易才看見龍列滿頭是汗的出來，臭著臉對梳雲道：「爲了妳，被官家責備了一頓。官家叫妳進去，妳要好好應對。」

梳雲戰戰兢兢的走入房內，舉目只見趙恆四十開外，身材微胖，眉目慈祥，甚至有些憨呆模樣。

梳雲盈盈下拜：「高麗國『淑容公主』王梳雲拜見大宋皇帝。」

趙恆道：「朕已然聽聞貴國遭逢不幸。王詢乃逆倫之子，有何資格當國？大遼乘人之危，更屬可惡！待朕還朝之後，召集百官，擬定對策。卿且寬心，大宋必解高麗之亂。」

梳雲感激得放聲大哭，連磕了幾十個響頭才退出來。

龍列喚過宇文盡忠：「此處沒有女眷，誰能招待她？人是你帶來的，就交給你了。」

拚酒的下場

白鶴觀的後門有幾間小酒家。

梳雲拉著宇文盡忠進去，先就叫了十三壺酒。

「我八壺，你五壺，今晚不醉不休。」

宇文盡忠苦笑：「你夫婿都不管妳嗎？」

「他不讓我喝。」梳雲嘆氣。「我們成婚八個多月，只喝過一次，我都快憋死了，還好他現在不在。來，乾杯！」

兩人你一杯我一杯的喝得痛快。

宇文盡忠因出身燕山，又太年輕，對於中原武林反而不如梳雲來得熟悉，問了許多掌故逸事。

梳雲酒一下肚，話匣子就打開了，胡吹亂蓋，彷彿中原七十六門派的掌門人全都是她的酒友。

宇文盡忠的酒量確實不太好，愈喝愈保守，一杯酒要分三次才喝得完。

梳雲發現了：「喂，你喝了多少？」

「呃，一壺……半。」

「我已經喝了六壺，這場拚酒，誰贏了？」

宇文盡忠一挑大拇指：「當然是呂夫人贏了。」

「那你要賠我什麼？」

「我賠妳……」宇文盡忠英俊完美的臉上忽地飄起一絲邪笑。「我陪妳上床。」

話聲甫落，梳雲已一頭栽在桌子上，暈了過去。

燕山派的意圖

宇文盡忠扶著梳雲進入鎮上小客棧的房間，迫不及待的把她放在床上，手就先摸上了她的胸脯。

「美人兒，妳一騎上我的馬背，我就受不了啦！」

宇文盡忠盡情撫弄了一回，開始脫梳雲的衣服，忽聽窗外一人罵道：「宇文盡忠，你在幹什麼？」

竟是龍列的聲音。

宇文盡忠一驚鬆手：「我……沒幹嘛……」

龍列踹開房門，起手就給了他一巴掌：「你放著正事不做，盡搞這套？」

宇文盡忠摀臉垂首：「師叔教訓得是。」

原來這知州也是燕山派出身？

龍列沉聲道：「我棄武從文，轉入仕途之後，一直不怎麼順遂，近年得到朝中的奧援，開始有了進展，你別壞了我的大事。」

「不不不……我只是想摸她幾下而已。」

「你的師兄弟已經圍住了道觀，就待動手，誰殺了趙恆就是首功，難道你不想在燕山派中揚眉吐氣？」

驀聞一人笑道：「燕山派竟想刺殺皇帝？爲什麼？」

龍列跟宇文盡忠都楞住了。

梳雲笑嘻嘻的從床上坐起，望著宇文盡忠道：「你的手太不靈活，摸得我好生難受，將來怎麼討得你老婆的歡心？還有，你用的蒙汗藥太差了，我一嗅就嗅出來了。」

原來宇文盡忠在酒裡下了迷藥，早被梳雲發現，把所有的酒都喝到了地下去。

宇文盡忠怒吼一聲，和身撲來。梳雲一掌切在他脖子上，當即昏倒在地。

龍列擺出架式，卻顫巍巍的不敢出手攻擊。

梳雲笑道：「你多年沒練武，還想跟我對打嗎？」飛起一腳踢中他下巴，讓他也做了個撲地泥俑。

大救駕

白鶴觀的方丈室被刺客團團圍住，四名內侍已死在地下，四名隨扈仍浴血抵抗，他們的武功不差，但刺客人數太多，將他們逼入了死角。

梳雲趕來，抖手就是四鏢，射倒了四名刺客。

隨扈們大叫：「女俠，快去保護官家！」

梳雲顧不了隨扈的安危，又幾支袖箭射倒兩名刺客，突破包圍圈，一頭撞入方丈室。

趙恆嚇得躲在桌子底下，梳雲一把拉起：「我們走！」

屋後是個小山坡，刺客們倒沒把這裡圍住，梳雲半揹半拉的將趙恆扯上山坡，繼續往山裡奔。

趙恆畢竟是個皇帝，即使碰到生死關頭也掙不出多少腳力，跑得氣喘吁吁：「姑……姑娘，可不可以休息……一下？」

梳雲沒法可想，恰好旁邊有個頗爲隱祕的山洞，便扶著他躲了進去。

「姑娘，謝謝妳。」趙恆嚇得一直握住她的手，生怕她拋下自己不管。「待朕還朝之後，必有重賞。」

梳雲苦笑：「能躲得過今晚就算託天之幸了。」

趙恆發抖道：「確實，姑娘本領雖然高強，但雙拳難敵四手，如果沒有本領更高強的人，決計殺不出重圍。」

梳雲大嘆一聲：「若是我郎君在這裡，就好了。」

趙恆大喜：「妳夫婿的本領應該比妳更強，他現在在哪裡？快叫他來。」

梳雲道：「他仍留在高麗，伺機刺殺王詢與康肇。」

趙恆疊聲催促：「刺殺王詢不用急在一時，現在快請他過來救駕！」

梳雲暗想：「這皇帝的地理常識眞差。」嘴上說道：「他藏身在高麗『南京』的『曹溪寺』，離這兒最少一千里遠，還要過海……」她話說了一半，警覺閉嘴：「就算皇帝久居深宮，這麼簡單的事情怎會不知？」

但為時已晚，她的手腕一陣痠麻，趙恆的手已鐵箍似的鎖住了她的手。

梳雲大驚，想要掙扎，趙恆的另一隻手又扣住了她的咽喉，顯是行家手法：「臭娘兒們，饒妳潑辣似虎，也逃不過我們燕山派的手掌心。」

梳雲反而笑了起來：「你也是燕山派的，高姓大名啊？」

「趙恆」道：「我就是燕山掌門『精靈子』常勝。」

「你們是大遼的爪牙，還是王詢的走狗？」

常勝手上加勁：「妳給我安分點。妳已經洩露了『劍神』呂宗布的行蹤，便沒有繼續存在的價值，我本可殺了妳，但高麗主君要活的，我們也只好委屈一下了。」

梳雲想到自己一時嘴快，可能害得夫君身陷險境，心中既悔又怒，但人已被控制住了，只得極力隱忍。

常勝押著她走到洞外，宇文盡忠、龍列與那些刺客、隨扈、假死的內侍都賊笑兮兮的在外面等待。

宇文盡忠上前摸了她胸脯幾把：「我的手可討妳歡心？」

梳雲一口濃痰呸在他臉上，宇文盡忠立馬一拳將她打趴在地。

四月七日

三十幾匹快馬疾馳在海邊小路上。

梳雲雙手被縛，被一根長繩牽著，狼狽的跟隨馬隊奔跑，若是跌倒，就被馬匹拖行，磨擦得衣衫破碎，渾身是傷。

從清晨到現在，她已跑了一整天，可連吭都不吭一聲。

馬隊來到一處沙灘，日已西斜。

常勝舉手止住奔馳之勢：「就在這裡等船來。」

原來他們要從海路把梳雲運去高麗。

梳雲虛脫的跌坐在地，宇文盡忠踅了過來：「美人兒，想不想喝點水？」

梳雲實在渴得受不了，只得點頭。

「走，我帶妳去喝水。」

宇文盡忠牽起繩子，把她拖往海邊，然後把她的頭按在海水裡。「這兒有很多水，妳盡量喝，就跟喝酒一樣的喝。」

梳雲緊閉嘴唇。

宇文盡忠用力踢了她肚子一腳：「快喝啊！妳不是一頓可以喝八壺嗎？快喝，妳不喝我就踹死妳！」

梳雲抵死不張嘴，眼角瞥見不遠處的沙灘上擱淺了一具鯨魚的屍體，雖已腐爛多日，渾身爬滿了蛆蟲，但腐肉間仍保留了一些汁液，她便奮力爬過去，一口咬在腐爛的肉泥上。

宇文盡忠大笑：「妳要喝這個也可以。大家快看，高麗公主變成了吸血鬼，吸死魚的膿血呢！」

燕山派眾人也都樂壞了。

梳雲吸入了一些腐臭的汁液，雖然噁心反胃，卻提振起一點精神，繼續大口大口的咬進去。

破裂的鯨肚中倏然閃現出一道炫麗的光。

梳雲呆了呆，她的雙手被縛在一起，還能拿東西，便伸手進去一掏，掏出了一塊比她兩個拳頭還大、已經過雕琢的金剛石。

宇文盡忠也看見了這個珍奇的物事，兩個大步跨過來，伸手就搶。

梳雲不知哪來的力氣，緊緊抱住，硬是不放手。

宇文盡忠怒道：「妳信不信我現在就殺了妳？」用力踹了她幾腳，踢得她滿地滾。

宇文盡忠又要搶，突被一人攔住，是師叔龍列。

「對付一個弱女子，何必如此兇殘？」龍列蹲到梳雲面前，和藹的說：「女娃兒，妳手裡握的是什麼東西，借我看一下好不好？」

梳雲恨笑：「你們都去死！」

龍列登時變臉，猛力一掌朝她頂門劈下，可又被人攔住，是掌門常勝。

「這賤人射死了燕山派的兩個弟子、傷了四個，我們還沒折磨夠她，一下子打死她太便宜她了。」

常勝一把抓起梳雲，就想折斷她的手臂。

倏地，一支羽箭射來，既快又準，常勝不得不鬆手避開。

射箭者是太太。

渤海太氏十五騎都已來到海邊，排成陣勢。

太大朗聲道：「那個女的是我們的，你們不許動！」

常勝嘿然冷笑：「你們只是想要她死，我們把她載回高麗，她同樣是死路一條，何必來爭？」

太厲害道：「我們要交上她的屍首，你們把她載走了，我們拿什麼去交差？」

龍列哼道：「大遼的走狗果然就是條狗，主子的命令打不了半點折扣。」

太鬆蔑笑道：「王詢的走狗敢打折扣嗎？如果敢，你們現在就殺了她，首級歸我們，身體歸你們，皆大歡喜。」

常勝呸道：「你們連一根小指頭都拿不到。」

「既然如此，就沒什麼好說的了。」太大一揮手。「殺！」

十五騎馬一起衝了過來。

燕山派的馬匹都不差，但他們並不擅於馬上交鋒，最拿手的功夫是「九步斷魂刀」、「九步斷魂掌」，必須在地下對敵。太氏十五騎則催動駿馬，橫衝直撞，時而弓箭、時而長矛，都是中長距離的兵器，所以燕山派的人數雖然多出了一倍，卻被逼得處於下風。

兩派人馬這麼一爭鬥，倒沒人看管梳雲了，她見機不可失，拖著長繩、抱著那顆金剛石，拔腿就跑。

宇文盡忠最爲機靈，立刻發現她的行動，旋風般追來。

宇文盡忠的武功其實不弱，那夜裝成不堪一擊只是爲了要引梳雲入彀，此刻出手迅若風行，一刀砍向梳雲後腦。

忽見一個鬚髮如戟的大漢從岸邊的灌木叢中竄出，搶了一匹燕山派的馬，飛馳而至，先逼退宇文盡忠，再一把抓住梳雲胳膊，將她拉上馬背。

宇文盡忠反手斜挑，手中刀逕削大漢肚腹。

那大漢一抬腳，準而又準的踢中宇文盡忠持刀手腕，把刀踢飛，沒防著太棘手從斜刺裡縱馬衝到，揮舞長柄大刀，一刀砍中大漢的脖子，「刷」地一聲，把他的頭砍掉了。

大漢雖沒了腦袋，依舊靈活矯健的策馬前奔，閃過了太氏前來攔截的五騎人馬，跑上沿岸小路。

燕山派與太氏眾人全都傻了，傻楞楞的看著那無頭騎士載著梳雲消失在山巒之間。

大俠燕行空

馬背上的梳雲也傻了。這個沒有頭的傢伙是人是鬼還是妖？

大漢反手從行囊中取出另一顆陶製頭顱，戴在脖子上，又跟正常人一樣了。

梳雲心頭猛地一亮，大叫：「你是天神『刑天』的後裔——大俠燕行空！」

刑天在一萬年前與天帝爭勝，一個閃神被天帝砍掉了腦袋，他便把乳房變成眼睛、肚臍變成嘴巴，繼續與天帝拚鬥。

後來他的子孫天生都沒有腦袋，平常便在脖子上戴一個陶製頭顱，假充正常人。

這燕行空是刑天第三百零三代的子孫，威震人、妖兩界。

燕行空頗爲意外：「妳怎麼會知道我是誰？」

「莫奈何道長、梅如是姑娘都是我的熟朋友，早就聽他們說過你的事跡，好威風、好煞氣！去年三月，你在崑崙山的『陰陽斷崖』上大戰妖魔首領『魔尸』，最後抱著他一起從斷崖上摔下去，大家都以爲你跟他同歸於盡了，沒想到你居然還活著。」

燕行空苦笑著說：「算我命大。」又道：「欸，小莫、梅姑娘，好久沒見到他們了，他們最近好嗎？」

「自從我婚後，也九個多月沒碰到他們……」梳雲說著，猛地一驚。「不好！我洩露了我夫君的行蹤，王詢與康肇必會派人搜殺，我得趕回去警告他。」

「趕回高麗？」燕行空望著遼闊的渤海海灣發愁。「我可沒航海的本領。」

「先到前面去看看有沒有漁村，跟他們買條漁船。」

燕行空縱馬疾馳至深夜，也沒看見什麼漁村。

梳雲懷中抱著那顆金剛石，不知怎地竟改變了想法：「我夫君閱歷豐富、本領高強，應能自行脫險，我還是趕快去開封求大宋出兵比較要緊。」

燕行空皺眉：「請大宋出兵？妳有把握嗎？」

「本來沒有。」梳雲一舉金剛石。「但是現在有了這個寶，把它獻給大宋皇帝，諒必能使龍心大悅，進而俯允我的請求。」

四月八日

清晨時分來到一處小鎮，梳雲買了幾套衣服換上，燕行空則多買了一匹馬，兩人未及暖席又急急上路，趕赴開封。

愈往西行，人煙愈多，但見各處村鎮都張貼著緝捕要犯的告示，一個名叫成大腕，特徵是身長九尺；另一個無名無姓，諢號「大南瓜」，特徵是頭顱特別大，專長是擅於開鎖。

梳雲笑道：「我認識這個大南瓜，他本來是個偷兒，後來當了響馬，再後來又成了開鎖匠。無論如何，他都只是個小角色，爲什麼要大張旗鼓的捉拿他？」

女媧寶盒

開封府衙內鬧鬨鬨的，捕快們進進出出，滙報追緝的結果。

「權知開封府」顧寒袖剛上任不到三個月，已經處理過不少重大的案件，但他此刻仍如無頭蒼蠅，慌得團團轉。

他曾經被妖魔取走了靈魂，幸賴大俠燕行空、小道士莫奈何、表妹梅如是與一干中原英雄遠赴崑崙山，在陰陽斷崖上大戰群妖，把他救了回來。去年高中狀元，今年年初就當上了首都府尹，升官之速，史上未見。細究其本色，仍是個書生，實務一竅不通，更甭提辦案。

總捕頭匡鵬飛上前稟報：「府尊，抓到了一個八尺多高的人，自稱名叫陳一多，要不要嚴刑拷問他？」

「呃……再量量他的身高，到底是八尺幾寸？」

副捕頭閔汶上前稟報：「府尊，抓到了一個諢名『大冬瓜』的人，自稱是開飯鋪的，要不要嚴刑拷問他？」

「呃……再去查查他的飯鋪有沒有賣南瓜？」

終於，「八印國師」莫奈何來了。

說起這年僅十九歲的莫奈何，更是離奇。他本是括蒼山「玉虛宮」的一個小道士，去年年初還只會掃地、生火、洗衣服、被師兄修理，然而在接下來的一年多時間裡，奇遇不斷，竟成了「大宋」、「大遼」、「高麗」、「大瞿越」、「大理」、「夏國」、「于闐」等國的國師，崑崙天庭的天帝還賜給他一顆「蓋天印」，專打妖怪，時人號之爲「八印國師」。

他的點子多，顧寒袖前幾次能夠破案，都靠著他與「劍王之王」項宗羽之助，但現在項宗羽已經自盡，只剩莫奈何能夠幫助他。

莫奈何問了些捕快的進度，悄聲道：「今天已經四月八日，沒剩多少時間了。」

顧寒袖頭痛著說：「我們要在四月十五日清晨卯時三刻以前抓到偷走『女媧寶盒』的成大腕，而我們卻連寶盒是個什麼樣子都不曉得，唉，這案子要怎麼辦？」

莫奈何道：「我們再重新整理一下。我們已知的唯一線索是，三月二十七日那天，許多百姓看見一個九尺高的巨人走入大南瓜開在『黑磨巷』的『無鎖不能』鎖店，這個巨人究竟是不是成大腕？還無法百分之百的確定。」

莫奈何揹在背上的葫蘆發出聲音：「死小莫，笨死了，他不是成大腕會是誰？」

隨著話聲，一縷紅煙從葫蘆嘴裡冒出，凝聚成一個六寸大的紅色小人兒。

顧寒袖拱手道：「櫻桃妖，妳若肯出手相助，下官感激不盡。」

這櫻桃妖當年因為生長在樹上的位置絕佳，得以盡量吸收日月精華，七千多年下來，一顆小小的櫻桃竟變成了西瓜般大，並且修得了一些成果，可以化為人形，到處搗蛋做怪。但她仍嫌不夠，還想多多吸取男子的元陽，以更上一層樓，其中尤以處男的元陽最為滋補寶貴，一個處男可以比得上一百二十五萬個隨意亂噴亂射的爛貨。

後來她碰到了莫奈何，一眼就看出他是個百分之百的處男，想盡辦法去勾引他，然而直到今天還未能得手，她只好死死的跟定他，還要千方百計的保護他不受別的妖怪荼毒、不受別的姑娘誘惑。

但她的道行有限，膽子又小，既怕水、又怕火、還怕鬼，又怕寶刀寶劍、和尚道士，有時候反而需要莫奈何來保護她。

一人一妖處在一種極其微妙的狀態之中。

莫奈何嗐道：「我的意思是，如果不能百分之百的確定，就潛藏著別種可能，卻被我們放掉了。」

櫻桃妖道：「你就是想得太多。現在已沒剩多少時間，就要死馬當成活馬醫，就算只有百分之一的可能，也得先鎖定它。」

顧寒袖撫掌欣慰：「哈，還是小櫻桃厲害！」

櫻桃妖得意得不得了：「那些證人又說，他們看見一個焦炭般的人也走進鎖店，那一定就是『第五公子』俞燚至。再後來項宗羽大俠也進去了。你們想想，他們兩個都追到那邊去幹嘛？當然是為了女媧寶盒。」

顧寒袖道：「所以只有四個人看見過寶盒──項大哥、俞燚至、成大腕與大南瓜。現在項大哥和俞燚至已死，只剩兩個人可以指證出寶盒的模樣。」

正說間，差役來報：「羅達禮公子來了。」

「快請。」

這羅達禮也是非同小可之輩，他本是個敗德浪蕩的紈褲子弟，後來洗心革面，成為女媧大神最信任的「善惡評論總裁」，並得到了兩件法寶──女媧寶傘與補天五色石。

他才剛坐下，上衣口袋裡就冒出一個只有兩寸高的小人兒，朝著櫻桃妖擠眉弄眼。

櫻桃妖呸道：「陶大器，你又來煩人！」

這種小人叫作「菌人」，是女媧派在人間的監督者，共有三千多萬個，統統住在地下，把所有人類的善惡都記錄成檔案。

中原人類是由女媧所造，但人類最近兩千多年來的種種劣跡讓她看不下去，而起了毀滅人類之心，她原本就有一個寶盒，裡面鎖著十二星宮魔王，一旦釋放出來，中原人類勢必被殺得一個不剩。

之後，女媧在羅達禮、莫奈何等人的勸說下，改變了主意，但寶盒竟被成大腕偷走。成大腕本也是個菌人，後來去了趟大人國，變成了巨人。他一直贊成女媧毀滅人類之舉，認為必須打開寶盒才能貫徹女媧的意志。

羅達禮道：「成大腕打不開寶盒，才會去找大南瓜，我想那大南瓜也不可能打得開，因為寶盒上有大神設定的定時開關。」

陶大器道：「女媧大神親口說過，寶盒要在四月十五日清晨卯時三刻才能打開。」

莫奈何追問：「它會自動打開嗎？」

羅達禮道：「一定要有人觸動。」

「如果沒人觸動呢？」

「那就要等到一萬年以後了。」

顧寒袖道：「現在只能希望它遺失在某個隱祕的地方，沒人去碰它，它就不會打開了。」

櫻桃妖哼道：「成大腕豈會不管它？我打賭他成天抱著那寶盒，盼望它打開。」

顧寒袖道：「又有人看見三月二十七日晚上，那九尺巨人離開了開封城，腳步飛快的一逕向東而去。我已通報全國，此人非抓住不可。」繼而不解的問著：「寶盒內的十二星宮魔王到底是什麼妖怪？」

莫奈何道：「黃道十二宮源自西方古國『巴比倫』，唐朝時經由佛經傳入中原，最近幾年才開始流行。十二星宮分別名爲魔羯、寶瓶、雙魚、白羊、金牛、雙子、巨蟹、獅子、處女、天秤、天蠍、射手。」

櫻桃妖笑道：「你忘了，還有一個處男宮。」

莫奈何乾咳：「妳別添亂。」

顧寒袖面露佩服之色：「小莫，沒想到你對這些挺熟的。」

莫奈何道：「我本來一竅不通，是去年才聽你的同榜說的。」

顧寒袖一楞：「我的同榜？」

「就是蘇透。」莫奈何笑道。「去年恩科，你是狀元，他是榜眼。他現在官居何職？」

顧寒袖道：「他是『起居舍人』，負責撰寫『起居注』。」

從漢朝開始，歷朝歷代都有專門記錄皇帝每日行爲與言論的史官，這些紀錄編輯成書即爲「起居注」，是極爲珍貴的史料。

顧寒袖續道：「我會再找他問個明白。」

莫奈何道：「我還有個疑問，這本來不干大南瓜的事兒，他爲什麼要躲起來？其中定有原因。」

羅達禮道：「也許是成大腕把寶盒給了他？又或者他黑吃黑，搶走了寶盒？」

顧寒袖道：「所以大南瓜也很關鍵。匡鵬飛總捕在四月二日曾經訊問過他，他還裝作沒事，但四月三日再去找他，『無鎖不能』鎖店已然人去樓空。」

莫奈何道：「我已請丐幫幫主芝麻李率領全城的流浪狗追緝大南瓜，只要他還在開封附近，遲早會被抓住。」

火琴降臨

莫奈何直到傍晚才步出府衙，還沒轉過街角，就有兩人湊過來，悄聲道：「莫國師，『楚國王』有請。」

莫奈何心中暗驚。這「楚國王」名叫耶律隆祐，是大遼皇帝耶律隆緒的親弟弟，乃大遼國的重臣。

兩人領著莫奈何步入「進財大酒樓」，坐在櫃檯內撥打著他心愛金算盤的大掌櫃邢進財笑臉相迎：「小莫，好久不來光顧了。」

莫奈何笑道：「你的酒菜算我便宜一點，我就會多來幾次。」

這邢進財也是刑天的子孫，輩分比燕行空還高，但他愛財如命，整天只忙著照管酒樓事業，非要搞到萬不得已的時候，才會加入降妖除魔的行列。

邢進財指了指最高級的包廂，悄聲道：「你的朋友來頭不小，慫恿他多點幾道最貴的大菜。」

這個「朋友」當然就是耶律隆祐了。

莫奈何走入包廂，閒聊了幾句之後，耶律隆祐便開門見山：「皇兄派我來，有一要事與國師相商。」

「請說。」

「高麗國發生內亂，我大遼天朝準備出兵平亂……」

莫奈何忙截斷：「這事我已聽說。請問大遼是單純平亂呢？還是想趁此機會併吞高麗？」

耶律隆祐乾咳兩聲：「這……到時候再看情形。總之，皇兄希望大宋能置身事外，兩國之間庶幾能夠維持和平。」

莫奈何爲難著說：「楚國王也知道，我是大遼的國師，但也是高麗的國師，我幫哪邊都不對，不幫哪邊也不對……」

耶律隆祐冷笑道：「國師儘管開出一個價碼，本朝定能依允所請。」

莫奈何很想翻臉：「你當我是收取賄賂的人嗎？」

耶律隆祐又乾咳幾聲，改口道：「我曉得不能賄賂你，我賄賂大宋官家，可以吧？」從懷中取出一塊拳頭般大的金剛石。「這寶貝獻給趙官家，如果高麗能獻上比這更珍貴的寶物，我們就隨任趙官家如何打算，公平吧？」

莫奈何還未答言，驀聞大廳中傳來酒客、酒女的歡呼：「天下第一樂師回來啦！」

莫奈何連忙跑出包廂，一對少年夫妻在眾人熱烈的高叫聲中走入酒樓。

這天下第一樂師名叫崔吹風，彈奏出來的每一首樂曲都像大火燃燒，把聽眾的靈魂燒上天空。

他乃是火神「祝融」的後裔，脾氣極好，但他若在生氣時彈琴，可不得了，琴上發出的火燄能把最厲害的妖怪、最堅固的城池燒成粉屑。

在他沒有發現自己的身世與異能之前，一直在進財大酒樓演奏，是酒樓的活招牌。邢進財大聲對著酒客們道：「你們放尊重點，崔公子現在已經是『大瞿越』的駙馬爺了。」

酒女與酒樓的員工則都圍著崔吹風的夫人「音兒」又搥又打。「妳這小蹄子，在我們這兒冒充洗碗工，原來竟是大瞿越皇帝的乾女兒！」

酒女春荷道：「她還是天下第一富豪須盡歡的主子呢！」

這音兒也是神、人各半的厲害角色。本來她奉了父親水神「共工」之命，要尋找火神的後代報仇，卻被崔吹風的音樂迷住，便應徵成爲進財大酒樓的洗碗工，一洗就洗了九個多月，天天等待崔吹風前來演奏，結果發現崔吹風就是自己要尋找的對頭，兩人不打不相識，最後竟成了水火同床的歡喜冤家。

音兒笑道：「妳們別逗我說話，我這幾個月已經把我愛嘮叨的毛病改掉了一半……」

「爲什麼是一半？」

「就是半夜三更的時候閉上嘴。」

春荷唉道：「半夜三更都在做愛做的事，哪還有空嘮叨？」

音兒狠掐了她一把，正要發表議論，莫奈何走了過來。「崔公子、崔夫人，你們怎麼會來開封？」

音兒搶道：「我是來接我婆婆，也就是他的娘，去大瞿越享享清福。說起我婆婆，也就是他娘，可偉大了，我公公，也就是他爹，很早就失蹤了，所以都是我婆婆，也就是他娘，把他從小帶大的。他娘，也就是我婆婆，帶著他四處流浪，好不容易把他拉拔長大，但是咧，我們這次來開封，想接她，就是他娘，也就是我婆婆，要接她去大瞿越享福，她呢，卻病倒了，我們當然就留在這裡照顧她，等她病好了……」

春荷唉道：「她的病再不好，我的耳朵可要生病了。」

音兒又狠掐她一下。

莫奈何笑道：「想叫音兒閉嘴，只有一個辦法——崔公子，請上臺。」

崔吹風走上高臺，琴已準備好。

「今天要奏什麼呢？」崔吹風想了想。「就來一曲〈十面埋伏擒蛟龍〉吧。」

他手一揮，火也似的音樂在大廳中迴旋碰撞，讓所有人都跳了起來。

莫奈何乘機離開酒樓，暫時躲掉了耶律隆祐所提出的要求。

大南瓜的祕密

一個頭顱特別大的人跪在斗室裡的一張畫像前。

他已經跪了五天，除了喝水，沒吃別的東西。

「莫奈離，你知錯了嗎？」一名乾乾瘦瘦的小老頭兒走了進來。「虧你想躲到我這兒來避難，不怕我殺了你？」

諢名「大南瓜」的莫奈離低垂著頭，囁嚅：「仇巧大伯恕罪。」

名喚莫仇巧的「大伯」指著畫像上的那個臉皮墨黑墨黑，額角高高隆起，長相十分嚴肅怪異的人：「我們的祖宗會原諒你嗎？我們墨家何曾出過響馬、偷兒？」

原來那張畫像是墨子，他們都是墨家的後代。

大南瓜道：「大伯，我當偷兒是想引起響馬的注意，而我當響馬是爲了報仇！那個嚳馬頭子『翻山豹』殺了我的妻，我混入嚳馬窩就是想殺他，結果他後來搶得了『后羿神弓』，那神弓卻讓他自己射死了自己，算是他的報應。」

「哼，都是你自己說的理。」莫仇巧不信。「最近捕快追捕你又是爲了什麼？」

「因爲我牽涉到一個什麼寶盒之事，捕快才來訊問我，但我怕他們一直追究，把我的底兒都掀了，所以才想要躲起來。」

「什麼寶盒？你又偷了東西？」

「不是啦，前幾天有一個九尺多高的巨人拿了個盒子要我幫忙打開，突然一個焦炭般的人也走了進來，邊走身上還邊掉炭屑……」

莫仇巧一驚：「聽說此人是第五公子俞啖至，不知他爲何變成了那副鬼樣子？」

大南瓜做著手勢：「他伸手就想搶盒子，巨人趕緊攔住，說：『俞公子，我們早就約定好了，由我打開寶盒，毀滅人類』！」

莫仇巧的眉毛皺得更深：「那個盒子裡面的東西會毀滅人類？這也未免太……那個了。」

「姓俞的那個傢伙腦殼都破了一半，腦子露在外面，開水一樣的沸滾著，通紅的右眼盯著人的時候更可怕，他說什麼『我改變主意了，我要用這寶盒脅迫大宋皇帝，我要全人類跟我一起受苦！』那巨人便從我手中拿回盒子，緊緊抱在懷裡。姓俞的罵道：『你只是個菌人，還想跟我做對？』哈哈，巨人九尺多高，娃俞的居然說他是什麼菌人，眞好笑！」

「姓俞的出手很重，打得巨人口中狂噴鮮血，但他依舊不肯鬆手。姓俞的想硬搶，可又來了一個人，『劍王之王』項宗羽。」

「快說重點。」

「項宗羽為武林三大劍客之首，他居然也牽涉其中？可見這盒子的確很重要。」

「項宗羽說的話更離奇，他對姓俞的說：『你居然幾次不死，我就讓你多死幾次。』」

莫仇巧喃喃道：「老祖宗的說法是對的。他認為天地之間確有鬼神，『鬼神明智乎聖人』，實乃至論！」

《墨子》有〈明鬼篇〉，所以墨家門徒都相信鬼神的存在。

「可笑儒者說什麼『子不語怪力亂神』，眞是井底之蛙。」

大南瓜續道：「項宗羽跟那個姓俞的一直打到店外，最後殺了他。」

「那俞淡至包藏禍心，他乃神農氏之後，一直想要奪回主掌中原的霸權，發動了好幾次陰謀，終於被項宗羽所殺。」莫仇巧道。「後來又怎麼樣了？」

「九尺巨人雖然身受重傷，仍抱著那個盒子跑了。」

莫仇巧追問：「你再說說那個什麼母蛙寶盒。」

「大伯，好像是女媧。」

「欸欸欸，不管什麼公蛙、母蛙、青蛙、牛蛙，那盒子有啥稀奇之處？」

「我發現上面有個定時開關，設在四月十五的卯時三刻，但我並沒跟那個巨人說……」

「四月十五？現在已經是四月九日清晨了。那寶盒到底什麼樣子？」

「是一塊比兩個拳頭還大的金剛石！」

四月十一日

梳雲抱著那塊金剛石，整整三天都不鬆手。

她跟燕行空不停趕路，這晚來到一片丘陵地，馬兒實在走不動了，只得暫且歇息。

梳雲的行囊內帶了好多瓶酒，她一邊喝酒，一邊生起一團營火，想把大餅烤熱了吃。

燕行空道：「後頭還有許多追兵，我們最好別露行跡。」

梳雲冷冷的睨了他一眼：「你膽小，就躲到一邊去，我不牽累你。」

這三天內，她的脾氣逐漸起了變化，很容易動怒，對許多事情都不耐煩，她自己渾然不覺，燕行空則明顯的看在眼裡，便也不跟她爭執。

餅烤好了，梳雲自顧自的吃，燕行空則拿出硬麵餑餑，扯開前襟，露出肚臍變成的嘴，用力的啃。

梳雲放聲怪笑：「你的吃相眞難看，口水都流到褲襠上去了。」

當燕行空戴著陶製頭顱的時候，完全面無表情，而此刻衣服一敞開，現出了眞正的臉，表情可就多了，他無奈苦笑：「這就是刑天子孫的宿命。」

「你的眼睛長在那裡，挺性感的。」梳雲的眼神蕩漾起挑釁的意味。

燕行空嗆了一下，裝作沒聽到。

梳雲繼續進逼：「你曾經有過中意的姑娘嗎？」

燕行空以咀嚼食物作爲掩飾，唔呶著說：「未曾碰到過。」

梳雲促狹：「我看你是不敢接近女人吧。」

燕行空嗆聲：「我爲什麼不敢？」

「因爲你不能跟她們親嘴！」梳雲說完，愈發狂笑。

燕行空似乎有點老羞成怒，猛然一伸手，抓向梳雲胸脯。

「你幹什麼？」梳雲話出口，才發覺他抓著了一支射向自己的無聲箭。

「他們又追來了！」

土坡下馬蹄雷震，燕山派竟與渤海太氏連成了一氣，將兩人團團圍困。

「你的金斧銀盾呢？」梳雲自然知道燕行空的獨門兵刃。

「我已把它們交給了下一輩的刑飛。」燕行空打量四周形勢並無退路，而對方將近五十個人，不免發急。

梳雲不慌不忙的吃完大餅，拍了拍手，站起身子：「你們終於來啦，想不想發一筆大財啊？」

太美麗嬌笑道：「拿了妳的頭，我們就發財了。」

梳雲冷哼道：「妳也太小家子氣了。」

宇文盡忠怪叫：「大家聽著，如果抓到活的，先讓我爽一爽。」

太過分罵道：「沒出息的東西，盡想這些？」

梳雲大笑：「沒關係，我就躺在這兒，大家都可以來爽，我還額外送你們一個大禮。」說著，從懷中取出金剛石，高舉在手，被營火一照，朝四方閃射出晶瑩流動的光彩，布滿了整個夜空。

燕山派與太氏十五騎的人馬都看呆了。「那可是個價值連城的寶貝！」

燕山派的龍列、宇文盡忠當先衝上土坡。

太太喝道：「哪有你們的分兒！」起手就是連環兩箭，分射兩人。

燕山掌門「精靈子」常勝怒道：「說好了大家合作，轉眼卻就翻臉？翻臉就翻臉，誰怕誰來著？」

燕山派的弟子立即攻向十五騎。

此時大家身處丘陵地帶，渤海太氏的駿馬就不太管用，只能下馬拚戰，但他們的長兵器又不適合步戰，被燕山派打得叫苦連天。

常勝見己方占盡上風，便不擔心，大步奔向梳雲。

梳雲舉著金剛石，一動也不動：「搶到了就是你的。」

常勝縱起身子，一把抓來，但覺背後寒風驟起，忙偏身躲避，這才看見竟是龍列偷襲。

常勝大罵：「你幹嘛？」

龍列冷哼：「從小，好的都被你搶走了，掌門人之位本該是我的，都是你天天在師父面前說我壞話。」

「你放屁！」

常勝一刀砍向龍列，兩人都施展出九步斷魂刀，戰成一團。

宇文盡忠不管師父、師叔反目，仍揮刀衝向梳雲，太師椅已由後趕至，一槍刺向他背心，兩人便又纏鬥在一起。

梳雲哈哈大笑，從行囊內掏出一瓶酒，大口喝著，一邊看著眾人激戰，一邊向燕行空道：「這石頭太神奇了，把人類的劣根性全都勾出來了。」

三名燕山弟子乘隙攻來，燕行空沒有兵刃，空著一雙手也是神勇無比，哪消幾記鐵拳，把他們統統打倒在地。

太棘手衝來，梳雲右手舉著金剛石，左手拿著酒瓶，但腳一踢，一支腳底箭正中他咽喉。

沒防著太美麗從另一邊撲到，握住了梳雲的右手，正要搶下金剛石，一柄劍已從她後背刺入，前胸透出，竟是太太。

梳雲笑道：「好，妳夠狠！送給妳。」果眞把金剛石遞給了她。

太太意外之餘又大喜過望，捧著那顆精芒閃耀的金剛石，看得心花怒放。

但她沒能賞心悅目多久，一支箭穿過了她的心臟。

是太甜一箭射死了她，金剛石掉在地下。

梳雲又把它撿起來舉在手裡，嘆道：「這金剛石對女人的吸引力更大。」

太大大怒，衝過去一刀劈了太甜。梳雲一支透骨釘射來，從他的眼睛直戳入腦子，瞬即身亡。

那邊廂，常勝終於殺了龍列，但他馬上被自己的弟子偷襲殺死。

一陣混亂過後，兩派人馬幾乎死光了，殘存的幾個也被燕行空打倒。

宇文盡忠跟太師椅拚了個兩敗俱傷，都躺在地下掙命。

梳雲嬝嬝婷婷的走過來，抽出解手尖刀，一刀刺入太師椅胸口，然後才望著渾身是血的宇文盡忠笑道：「我們好歹喝過一場酒，算是酒友了，我要特別優待你一些。」

宇文盡忠掙扎著說：「美人，不，呂夫人，饒命……」

梳雲蹲下身子，開始慢慢的割他，一片肉一片肉的割，邊割邊笑：「這樣可爽？我知道你一定爽到心裡去了，對不對？」

宇文盡忠的慘叫，一直到氣絕之時才停止。

梳雲站起身子，巡視了一回滿地血腥的戰場，又把傷者都殺了。

燕行空皺眉道：「妳又何必如此？」

梳雲厲聲道：「如果是他們贏了，他們會讓我好過嗎？」

騎上宇文盡忠的飛馬，「潑辣辣」的疾馳離去，把四十幾具屍體全都拋在腦後。

四月十二日

大宋宮城內忙碌異常。

「美人」劉娥的貼身宮女李淑忱即將在這幾天臨盆，上至嬪妃，下至內侍、宮女，人人如臨大敵。

皇帝趙恆今年四十二歲，登基爲帝已有十二年，身材圓滾滾，一副好好先生的樣子。他尚無子嗣，之前的五個皇子都夭折了，這第六個孩子說什麼也得保護周全。

趙恆、劉娥一方面憂心忡忡，一方面不忘替即將降臨人世的嬰兒命名。

劉娥道：「他這一輩是『示』字輩的，取名不難，只要別取太常用的字，免得日後民間為了要避諱而弄得處處不便。」

趙恆笑道：「唉喲，這一胎又不一定是個男的……」

劉娥忙摀住他的嘴：「呸呸呸，烏鴉嘴，當然是男的！」

就像劉娥自己要生孩子一般，她比誰都細心，比誰都著急，比誰都高興。

趙恆疼愛她也就是因為她無私的個性。她本是個擊鞀鼓賣唱的街頭藝人，還結過婚，嫁給趙恆之後，未曾生育，但仍然成為後宮最有權勢的嬪妃，位同皇后。

兩人熱切討論的時候，旁邊的角落裡靜靜坐著一個文臣，把他倆的對話全都記錄了下來。

他是專門負責撰寫「起居注」的「起居舍人」蘇透。

趙恆忽一眼瞥見他，叫著：「蘇舍人，你是榜眼，該當有些才學，你出點主意，『示』字偏旁的字兒，哪個比較吉祥？」

蘇透嚇了一跳，張皇跪地：「微臣豈有資格替皇子命名？」

「唉喲，眞迂腐，」趙恆笑道。「你寫『起居注』的時候，會把朕的不當言論舉動掩飾掉嗎？」

蘇透正色：「微臣不敢違背史官的使命，凡事照實而錄。」

趙恆笑對劉娥：「聽見沒有？剛才妳罵朕烏鴉嘴，也被記錄下去啦。」

魔王的引路者

傍晚時分，蘇透步出皇宮，邊自愉快的回想著剛才的那一幕。

當時他雖然不敢出主意，但皇上顯然很器重自己，對於他這個小小的官兒來講，已經很心滿意足了。

他騰騰躍躍的走到家門附近，街邊一個黃髮黃鬚、脖子上有塊青黑色胎記的胡人忽然攔住他，操著生硬的漢語：「你就是蘇透？」

「是啊。尊駕有何貴事？」

「聽說你很懂黃道十二星宮？」

「不敢不敢，不能說懂，只是小有研究。」

「去年你不是以一篇〈黃道十二星宮源流考與其實用價值〉高中榜眼？」

「嘿嘿，全屬僥倖。」

那胡人冷笑道：「我看你根本是浪得虛名。」

蘇透並無一般文人的驕氣，點頭道：「沒錯沒錯，我的確浪得虛名，因爲去年的恩科攪得一塌糊塗……」

「你要知道，星宮與星座並不相同，天竺的佛經傳來中原，都把星宮與星座混爲一談，這牽涉甚廣，姑且從汝等之俗。」胡人正色道。「十二星宮的光燄亙古以來在宇宙中穿梭，久而久之凝聚成精魄，形成了十二個魔王。」

蘇透嚇一跳：「變成了魔王？那有多可怕？」

「他們後來被中原的大神女媧囚禁，裝進了一個盒子裡，但忽略了他們的引導性，沒能加以控制。」

「什麼意思？」

「任何人與十二魔王太過接近，性格就會被魔王控制，成爲他們的引路者。」

「引路者？要把他們引去哪裡？」

胡人往他身後一指：「引去那裡。」

蘇透一轉身，除了巍峨的皇城，什麼都沒看到。再回過頭來，胡人已不見了。

夫妻重逢的場面

梳雲的飛馬腳程快，把燕行空遠遠拋在後面。

她來到距離開封兩百多里的「鄆城」，找了家酒館，駐馬休息。

她一口氣叫了七壺酒，統統喝完之後才破口大罵：「老闆，你賣的這是什麼尿？」

老闆忙陪不是，但她依然暴怒，杯碗瓢盆砸了一地，店裡的伙計慌忙來勸，被她一拳一個，倒了滿地。

老闆跑到街上大叫：「惡客毀店啦！」

燕行空這時才趕到，跑入店內，抓住梳雲的手：「妳又怎麼啦？」

梳雲怒道：「你跟來幹什麼？你不是看不順眼我嗎？」

燕行空道：「妳喝醉了，快去客棧休息。」

梳雲嚷嚷：「這個人要拉我去開房間，你們快救我啊！」又倒在燕行空懷裡大笑。「小心我把你的頭摘下來，可會把他們嚇得魂不附體。」

燕行空想推開她，她竟乾脆抱住了他，媚著雙眼睨他：「你很討厭我？」

「我沒有……」

「你明明就不喜歡我！」

「我沒有……」

正糾纏不清，一名劍眉星目、鼻樑挺拔的青年因爲酒店老闆的呼救而衝了進來。「誰在這裡撒野？」

梳雲一看見他就大叫：「夫君？你來了？」

此人竟是梳雲的丈夫、中原武林三大劍客之一的「劍神」呂宗布。

他在三大劍客之中年紀最輕，成名卻早，六歲就拜入「王屋派」習劍，得到掌門人賀蘭棲眞的賞識，將鎭派之寶「太阿劍」交給了他，十八歲出道至今，挑翻過「華山派」，橫掃過「伏牛寨」，席捲過「飛龍堡」，未曾有敗績。後來與一干英雄粉碎了高麗奸臣篡位的陰謀，成了高麗國的駙馬爺。

若說他有缺點，就是一向心高氣傲，現在猛然看見自己的老婆竟跟一條大漢抱在一起，自是一肚子氣。

燕行空匆忙推開梳雲，梳雲則若無其事的介紹著：「這位是燕行空燕大俠。」

呂宗布哼了一聲，連看都不看燕行空一眼。在這種情況之下，他能忍住心頭之火就算不錯了。

梳雲問道：「你怎麼會來這裡？」

呂宗布搖頭嘆道：「工詢不知如何得著了消息，派出大批人馬到曹溪寺圍殺我……」

梳雲笑道：「是我告訴他們的呀！」

呂宗布不可置信的窒住了：「妳說什麼？」

梳雲彷彿全不在乎：「反正你一定逃得掉他們的追殺，你若沒這本領，當得起我的夫君嗎？」

呂宗布一股怒氣直衝頂門，燕行空趕忙替她解釋：「尊夫人被燕山派的人騙了……」

呂宗布雙眼一翻，惡聲道：「我有問你嗎？」

梳雲嗐道：「唉喲，這麼兇幹嘛？如果沒有燕大俠，我早就死成了一堆骨頭。」

呂宗布的臉更沉：「所以妳很想報答他？」

「對啊，這有什麼不對？」

呂宗布就將爆發，梳雲哈哈一笑，撒嬌的挽住了他的胳膊：「嗨，別生氣了，我再慢慢告訴你整件事情的經過。」

兩人進了客棧房間。夫妻重逢，又都經歷了生死大劫，本該有說不完的話，但呂宗布一躺上床就面向牆壁，盡量控制住心頭的怒火。

梳雲不斷的找話說，呂宗布只是不耐煩的蹭了蹭身子，半個字也不回答。

梳雲氣得把棉被蓋上頭：「不理就不理，我還不想理你呢。」

四月十三日

翌日一早，三人急急上路，燕行空識相的跟在最後面。

梳雲放慢了飛馬的腳步，陪在呂宗布身旁，呂宗布的臉色漸轉緩和，對於梳雲的搭訕也有了回應。

梳雲把金剛石拿出來給他看：「把這寶貝送給大宋皇帝，必能使得他派出救兵。」

呂宗布一楞：「妳從何處得來的？」

梳雲得意道：「你以爲我這些日子在幹什麼？爲了這寶貝，我出生入死了多少次呢。」

這話聽在呂宗布耳裡，以爲她爲了這塊石頭，竟不顧自己的安危，或甚至出賣了自己，又不由心頭冒煙。

梳雲毫未覺察，仍吹噓著自己爲這塊金剛石冒了多少險，當然不忘提起燕行空幫了多少忙。

呂宗布愈聽愈怒，就是想潑她冷水：「妳若以爲這塊石頭能有多大用處，可就大錯特錯了。大宋官家豈會爲了這石頭而傾全國之力相助？我認爲妳如果循正途請求，反而能得著同情與助力。」

梳雲的臉板了下來：「這是寶貝，不是石頭。」

呂宗布呸道：「就是塊破石頭！」

梳雲瞬間大怒，脫口就罵：「你懂什麼？給我閉嘴！」

呂宗布也動了眞火，口不擇言：「就沒碰過妳這麼沒見識的女人！」

「我出身君王之家，你有什麼資格說我沒見識？如果不是我，你算老幾？」

燕行空聽他們愈吵愈兇，忍不住策馬上前，勸道：「賢伉儷何必爲了此事爭吵。」

呂宗布大吼：「我們夫妻間的事情，要你多什麼嘴？」

梳雲大聲道：「我的命是他救的，他當然能過問。」

呂宗布已瀕臨潰堤邊緣：「看來你們的關係匪淺啊！」

梳雲乾脆就在馬背上勾起了燕行空的胳膊，望著燕行空嬌笑道：「我們是過命的交情，你說我們的關係好不好？」

呂宗布再也無法忍耐，翻手拔出「太阿神劍」。

梳雲不但不懼，反而迎了上去：「怎麼，想殺我還是殺他？還是乾脆把我們兩個一起殺了？」

呂宗布狂吼一聲，催動座騎，絕塵而去。

燕行空急道：「唉唉唉，這是什麼事兒這是？」

梳雲頓住半晌，繼而掩面痛哭。

燕行空道：「哭有什麼用，快去追他啊。」

梳雲卻又仰起了臉，放聲怪笑：「沒關係，他要走就走。他不讓我喝酒，我早該把他休了！」

大路旁就是一片樹林，梳雲乾脆下了馬，走入林中，坐在一棵大樹下，從行囊裡取出一瓶酒，引頸狂灌。

燕行空無奈的走到她身邊：「妳不想趕路了？」

「不急。」梳雲拍拍身旁的空地。「來，陪我坐坐，喝口酒。」

燕行空也渴了，扯開前襟，往肚臍裡倒酒。

梳雲看著他的怪模樣，又自顧自的瘋笑一回，忽道：「你親過姑娘沒？」

燕行空肚臍裡的酒差點噴出來：「我怎麼親？」

「哈，對哦，姑娘要親你的肚臍，好噁心！」梳雲的笑聲中透出了淫蕩的氣味。「你跟女人上床的樣子一定很好玩。」

一面說，一面就伸手摸上了燕行空的肚臍：「喂，你親我一下好不好？」

燕行空一驚後縮：「呂夫人，快別如此！」

但梳雲已壓上了他的身子，嘴唇蓋上了他的肚臍。

燕行空掙出一聲悶哼之後，就再也說不出話了。

丐幫大院

開封城南的一座大院正在趕工興建，工地旁邊擠滿了圍觀的乞丐，不停的給揮汗如雨的工匠出主意：「喂，廚房不要蓋得那麼大，我們都是在外面討飯的，自己不開伙……臥房的窗子大一點，我們在街上睡慣了，沒有風睡不著。」

工頭受不了，大聲埋怨：「幫你們乞丐蓋大院，比富貴人家還囉唆！」

乞丐們笑罵：「現在我們是老闆，你得聽我們的。等到中午我們跟你討飯的時候，你再發牢騷不遲。」

正亂哩，莫奈何踅了進來。

「小莫國師來了。」乞丐們親熱的圍著他，因爲這丐幫大院是莫奈何出了不少力才向朝廷掙來的。

「你們幫主呢？」莫奈何問。

「他在那兒照顧流浪貓狗。」

大院的左側院落建了幾個大棚架，就是流浪貓狗之家。

一個斷了左臂，瞎了左眼，瘸了右腿，右手也不甚靈便的老乞丐正在貓狗群中忙東忙西，他就是丐幫幫主芝麻李。

此人其實是個浣熊修成的妖怪，曾跟莫奈何等除魔英雄交手過多次，每戰皆敗。後來他想通了，人類還是比他的妖魔同伴好得多，當上丐幫幫主之後，頗爲照顧手下的小兄弟。

莫奈何問著：「大南瓜搜捕得怎麼樣了？」

芝麻李道：「我已派出三千組人狗，只要那大南瓜還在方圓百里之內，定能逮住他。」

原來莫奈何與芝麻李合作，利用乞丐與流浪狗組成了搜捕大隊，專門追緝重犯。

「好啦好啦，別搶別搶，別抱我的腿！」芝麻李被狗群團團包圍、貓群跳到身上，累得渾身是汗。

「狗食、貓食還夠嗎？」

「貓狗的糧食都沒問題，人糧可缺得很。那些所謂的善心人給貓狗的比給乞丐的多得多。」芝痲李憤憤不平。「你看，那不是又來了。」

莫奈何一轉頭，正見一名美貌的年輕姑娘提著大袋食物走了過來。

「梅姑娘？」莫奈何既喜又怯。

這梅如是乃開封府尹顧寒袖的表妹，兩人自幼便定下了親，但梅如是醉心鑄劍，顧寒袖的寡母不同意將來的媳婦在外拋頭露面，婚事因而陷入僵局。

梅如是拒卻兒女私情，一心專注於事業，成爲「軍器監」內獨一無二的「劍作大將」。

莫奈何去年年初剛從括蒼山下來就遇見了她，那時他還只是個渾頭小道士，一直暗戀她到如今，只是自慚形穢，從不敢表露心跡。

櫻桃妖在葫蘆裡罵道：「小賤人眞是陰魂不散，走到哪兒碰到哪兒。」

她把梅如是當成了頭號情敵，當然沒有好言語。

梅如是略向莫奈何打了個招呼，便自顧自的餵起流浪貓狗。

櫻桃妖哼道：「小莫，恨不得自己變成一隻貓，對吧？人家寧願餵貓，也不會餵你，你趁早死了這條心。」

莫奈何望著沐浴在晨光之中、天仙一般的少女，完全癡了。

他珍惜著每一次遇見梅如是的時光，每一刻都是永遠。

四月十四日

梳雲和燕行空終於在傍晚時分來到開封。

梳雲想起了什麼，向燕行空道：「等下我會先找小莫國師，把這塊金剛石交給他。我會說它本就是高麗的寶物，才顯得出我們的誠心，如果說我是在鯨魚肚子裡找到的，好像很荒唐。」

燕行空點頭同意。兩人下了馬，走入進財大酒樓，大掌櫃邢進財驚喜之餘，當然立時把莫奈何、顧寒袖、梅如是都請來了。

大家都圍著燕行空大呼小叫：「我們都以為你死了！你這些日子在幹什麼？你這傢伙不夠意思，害我們白白的傷心了這麼多天！」

燕行空苦笑著說：「我摔下陰陽斷崖，傷得很重，療養了很久，現在感覺好了些，才想進京看看老朋友。」

眾人好不容易興奮完了，才把注意力轉到梳雲身上，關心詢問高麗國的現況。

梳雲大嘆一口氣：「煩人的事情等下再說，來來來，先喝酒。」

眾人圍坐一桌，氣氛熱烈。莫奈何、顧寒袖想起明天就是四月十五日，心頭雖然壓著千斤重擔，但仍強顏歡笑。

梳雲望著梅如是笑道：「如是妹子，妳到底決定了沒有？」

梅如是摸不著頭腦：「決定什麼？」

梳雲指了指顧寒袖，又指了指莫奈何：「是他，還是他？」

梅如是、顧寒袖、莫奈何一同面現尷尬。

櫻桃妖從葫蘆裡鑽了出來，伸著懶腰：「梳雲妹子，妳眞是哪壺不開提哪壺；只有我這壺是開的，偏偏就沒人來提我。」

梳雲大笑：「我要是小莫道長啊，一定娶妳，因爲妳不但攜帶方便，隨時都可以拿出來親熱，而且本領又大，有了妳就不怕被人欺負……」

邢進財笑道：「只怕被她欺負。」

莫奈何急欲打斷這話題，岔嘴問道：「妳的駙馬爺呢？」

梳雲大喝一口酒：「我把他休了！」

眾人一楞，繼而想起她一向瘋言瘋語，也沒太在意。

莫奈何又道：「你們高麗發生了這種事，妳現在有何打算？」

梳雲從懷中掏出金剛石，流轉的光燄頓時讓整座大廳變成了水晶宮。

眾人都看傻了眼。

莫奈何擊掌道：「妳的這塊石頭比耶律隆祐的那塊大了一倍，明天叫他來看看，讓他死心。」

梳雲問明耶律隆祐的來意之後，冷笑道：「那種廢物，不理他也罷。小莫道長，你一定要幫我一個忙，今天一定要把這寶貝送給趙官家，請他出兵。」邊說邊把金剛石塞入莫奈何手裡。「快收起來。」

莫奈何暗道：「這也太一廂情願了。」嘴裡乾咳幾聲：「進貢寶物給皇上，未必會有用，不如以正理說之。」

「沒關係，你先送進去再說。」梳雲臉上飄起一絲詭笑，又疊聲催促：「你快把它收好嘛。」

莫奈何只得把金剛石揣入懷中，邊道：「今晚皇子很可能就要誕生，宮內忙成一團，等明天看看情形再說吧。」心中又忖：「明天就是四月十五，會發生什麼事情都還不知道呢。」

梳雲的臉板下來了：「不行，現在就送！」

莫奈何一楞：「有必要這麼急嗎？」

梳雲猛一拍桌，酒杯翻倒，酒液四濺，大吼道：「我國破家亡，哪能不急？」

席間的氣氛剎那間僵住了。

邢進財、梅如是、顧寒袖等人忙打圓場。

就在此時，黎青、黎翠兩姐妹走了進來。姐姐黎青是個大胖妞，妹妹黎翠則美豔照人。她倆是西王母第三百零五代的徒弟，在「百惡谷」中掌管天下瘟疫病毒，不但醫術精湛，一手金針劫穴的本領更是天下無對。

她倆後來因爲種種原因，退出了百惡谷，如今反倒逍遙自在。

黎翠道：「前幾天我們跟爹去海邊遊玩，聽萊州的漁民說，有一個九尺高的巨人搶了條小漁船，出海去了。我們在回程途中看見緝捕告示，才知此人可能就是你們要找的重犯。」

「出海去了？」顧寒袖、莫奈何一怔。

開封總捕匡鵬飛又急匆匆的跑了進來：「府尊，丐幫抓住大南瓜了。」

「我們快回去審他。」莫奈何拉著顧寒袖就走，藉以躲開梳雲的無理糾纏，卻忘了把懷中的金剛石還給她。

夜審大南瓜

大南瓜雖然得到大伯莫仇巧的原諒，但墨家子弟一向節儉，刻苦過日，飲食粗糙，他在墨子畫像前面跪了五天五夜沒吃東西，罰完了仍沒一片肉下肚，弄得他實在受不了，這晚偷偷跑到外面想買些牛肉吃，恰被丐幫的流浪狗逮個正著。

顧寒袖、莫奈何趕回府衙的時候，他正頭暈目眩的跪在堂下。

顧寒袖一拍驚堂木：「人犯大南瓜，你爲何躲避官府的偵訊？」

「我沒有啊，我只是去了朋友家。」大南瓜苦臉。「府尹大人，可不可以讓我先吃點東西再說？」

「大膽！」顧寒袖又敲驚堂木。「通緝你的告示貼了滿街，爲何沒有看見？」

「我跟我朋友賭牌，根本沒出門。」大南瓜愈說愈沒氣兒。「我餓死了我……我想吃東西……」

「大膽大膽大膽！」顧寒袖剛剛吃飽喝足，有的是力氣。

刑名師爺悄聲道：「府尊，還沒問他姓名，這筆錄沒法做啊。」

顧寒袖點頭道：「是本府失誤了。你何名何姓？」

「草民……莫奈離。」

莫奈何早就認識他，卻不知他姓名，聽在耳裡不禁一怔：「你也是墨家一脈的嗎？」

大南瓜傻笑：「我是你遠親，只是一直沒跟你提起過。」

莫奈何道：「那你快告訴我，那天那個巨人要你打開的寶盒，是個什麼樣的盒子？」

大南瓜開口想說，猛然間雙眼翻白，暈了過去。

匡鵬飛翻了翻他的眼皮：「他眞的是餓昏了。」

「快找個大夫來照顧他，等他醒了再問。」顧寒袖又問莫奈何：「他剛才攀的那什麼親？」

莫奈何道：「去年年底才聽父母說起，我家是墨子的後代。」

「原來你這莫姓來自諧音？」顧寒袖頗爲意外。「『墨家』在戰國時代是顯學，讀書人若非儒家弟子便是墨門信徒，勢力可大著呢。墨子本人是木匠出身，很會製造各種器械，擅於城池攻防之術，小國有難，首都被圍，只要墨門子弟一登上城樓，敵人就會知難而退。」

莫奈何又道：「傳說本朝太祖趙匡胤興建開封宮城的時候，就請了我的遠房伯祖莫想通去裝設了各種極爲厲害的機關，外敵想要入侵，定被殺得片甲不留。」

顧寒袖道：「墨家弟子個個文武雙全，還出了很多能工巧匠。你家是哪一科的？」

「從事科。」

墨門分成「談辯」、「說書」、「從事」三科，從事科負責出征、守城、勞務等事項，製造機關器械自也屬於從事科的範圍。

莫奈何搔著頭說：「還是先理一理黎氏姐妹提供的線索，如果那巨人眞的出了海，我們要怎麼樣才能找到寶盒？」

顧寒袖心存僥倖：「寶盒如果出了海，也許就不會危害中原了。」

皇子誕生

「官家，是個皇子！」

內苑中的內侍、宮女又跳又嚷。

皇帝趙恆正在「太清樓」裡虔心拜神，聽見這片熱烈的喧囂，心頭終於穩定下來。在前五名皇子都夭折之後，總算又有了傳宗接代的希望。

「敬告元始天尊、太上老君，大宋社稷傳承有望了。」

趙恆祝禱完畢，喚來內侍押班何喜：「你去把小莫國師請來。」

何喜道：「官家賜給小莫國師一棟大宅，但他到處亂跑，不常在家。」

趙恆道：「找不到就算了，反正也不急。朕要去看娃兒了。」

走馬燈，團團轉

何喜銜命出宮，先到莫奈何的家裡轉了轉，僕人都說他去了開封府衙未歸。

何喜再轉往府衙，只見一個濃眉大眼的女子站在衙外焦急踱步。

「這倒奇了，她在等誰呢？」

這女子當然就是梳雲，她受到寶盒裡的十二魔王控制，成了那胡人所說的「引路者」，一心想逼迫莫奈何在今夜把金剛石送入宮中，明日卯時三刻十二個魔王便能破盒而出，毀滅人類。

莫奈何身上懷有崑崙山天帝賜與的法寶蓋天印，壓過了寶盒中的魔性，一點也沒受影響。他已跟顧寒袖討論完畢，本想步出府衙大門，一眼看見梳雲在外等待，當然不願意跟她歪纏，便從後門溜了。

開封府衙的東側就是專供大遼使臣下榻的「都亭驛」。莫奈何穿過「浚儀橋大街」，想去找耶律隆祐，勸他不要入侵高麗國。

接下來的情景就像一盞走馬燈，何喜進入府衙，撲了個空。梳雲在外也等了個空。何喜從府衙前門出來，一路往東，想再去莫奈何在城東「馬行街」的住家。梳雲則往南邊走。

莫奈何走到都亭驛前，略一琢磨之後，改變了主意，折而往南。

同一時間，何喜轉向南，梳雲則轉向北，兩人又在「州橋」上碰了面。

何喜心道：「怎麼又是這姑娘？」

梳雲不識何喜的內侍服色，心道：「怎麼又是這個夯貨？」

莫奈何走到「黑磨巷」大南瓜開的「無鎖不能」鎖店，希望能找到一些線索，一無所獲之後，準備掉頭回家。

同一時間，何喜繼續往南，梳雲轉向東，各自走了一程，又都起了別的念頭。

何喜尋思：「官家說找不到就算了，我何必這麼折騰？」折轉向北，想回宮覆命。

梳雲則尋思：「小莫會不會又回酒樓去了？」也轉而往西。

於是兩人又在東西向的「汴河大街」上遠遠的對上了面。

何喜暗想：「她在跟蹤我？莫非對我有意？」

梳雲暗想：「他在跟蹤我？莫非是大遼或王詢的奸細？」

這時，莫奈何正好從位於兩人中間、南北向的「相國寺橋」上穿過去。

何喜、梳雲大喜，都加快腳步相對奔來，更加證實了兩人心中的疑惑。

何喜大叫：「小娘子，咱家雖然不行，但總還能給出一點慰藉！」

梳雲身上沒了寶盒，變得異常煩躁慌亂，此刻又聽他滿嘴胡說，不由得怒從心中起，待得奔到近前，一拳把他打翻了兩個筋斗，然後飛步追向莫奈何，大叫：「小莫道長！」

莫奈何一回頭，看見梳雲居然由後追至，忙一閃身躲入開滿了妓院的「錄事巷」，再從「繡巷」中折轉回來，正碰到剛剛站起身來的何喜。

「咦，何押班？你怎麼了？」

「我找得你好苦！」何喜搗著鮮血直流的鼻子。「官家召你入宮呢。」

雙喜臨門

莫奈何來到「福寧殿」，趙恆已準備就寢。

「官家何事？」

「皇子剛出生，你快幫我想個名字。」

莫奈何嚇一跳：「我沒讀過幾本書，怎能替皇子命名？」

「誰不知曉你有神鬼莫測之機，小莫國師太謙了。」

莫奈何嗐道：「我牽什麼牽？我小時候只會牽豬公去找母豬。」

趙恆反嗐回去：「太過自滿固然不好，但太過謙遜了就是虛偽。」腦中靈光閃現，一拍巴掌，喜道：「嗯，『滿招損，謙受益』，受益用來當小名倒是挺好的！朕就說嘛，還是國師有主意。」

莫奈何暗笑：「我何嘗出了半點主意？」口上說道：「官家早點歇息，明天定會忙碌一整天。」

莫奈何行禮完畢，步出大殿，前腳都已踏出了殿門，右手卻碰到懷中一個堅硬的東西，猛地想起金剛石在自己身上。「怪不得梳雲姑娘追著我不放。現在既然得便，乾脆把它獻給皇上吧。」

回轉身來，獻上金剛石，並將高麗國的情形述說了一遍。

趙恆道：「朕早知此事，過幾天當召集百官商議……」

他話沒說完，視線就被那顆在燈光下晶燚四射的寶石吸引了過去。

「好寶貝！」趙恆樂得打跌。「今日眞是雙喜臨門！」

最後一次機會

夜已深，開封府衙仍然燈火通明，顧寒袖還在等待躺在堂下的大南瓜醒轉。

「起居舍人」蘇透來了：「聽說府尊尚未休息，特爲一事前來叨擾，望祈恕罪。」

顧寒袖道：「你我有同榜之誼，何必這麼客氣。」

蘇透道：「前天在路上碰到一個奇怪的胡人，跟我說了些奇怪的話，我本不在意，但這兩天愈想愈不對，所以我覺得還是跟你討論一下比較好。他說有一個裝著十二星宮魔王的盒子……」

顧寒袖嚇一跳：「他怎麼知道這個盒子？」

蘇透續道：「他又說有一個受到魔性控制的『引路者』，要把十二魔王引到一個地方去。」

顧寒袖急問：「引往何處？」

蘇透道：「他邊說，邊用手指著皇城。」

顧寒袖又一驚，還想再問，堂下的大南瓜醒了，嘴裡叨嚷著：「牛肉……牛肉……」

顧寒袖道：「等下餵你十斤牛肉，你快告訴我，那個九尺巨人帶來的寶盒是什麼樣子？」

大南瓜道：「是一塊比兩個拳頭還大的金剛石。」

「金剛石？引路者？引入皇宮？」所有的事情在顧寒袖腦中串連了起來，他驚跳起身，大叫：「快把此事往宮內報！」

蘇透苦笑：「皇子剛出生，只怕沒人會理睬這種荒誕之事。」

顧寒袖想了想，又嚷：「快去找小莫，叫他別把金剛石送進宮裡去。」

刑名師爺道：「剛才內侍何押班就來找過他，也找不著。這麼晚了，小莫國師不可能進宮了。」

顧寒袖稍微鬆了口氣：「倒也是……希望如此……」

其實就在這時，莫奈何又來到了府衙外，正想往內走，卻被一個人從後面抓住胳膊。

莫奈何扭頭一看，竟是滿臉詭笑的梳雲。「小莫國師，剛才在酒樓跟你翻臉，實在很抱歉。」

莫奈何苦笑道：「妳翻臉翻慣了，我也早就習慣了。」

梳雲親熱的摟住他肩膀：「走，老朋友，我們再去喝幾杯。」

莫奈何被她拉著離開，失去了最後一次壓制魔王的機會。

命定毀滅日

四月十五日清晨，趙恆醒來，心情愉快極了。

等同於皇后的「美人」劉娥照顧產下皇子的宮人李淑忱，整夜沒睡覺，現在才走入福寧殿。

「孩子怎麼樣？」

「健康得很。」劉娥瞪趙恆一眼。「爲什麼不先問母親怎麼樣？」

趙恆乾笑：「母親有妳照顧，會出什麼問題？」

劉娥正色道：「她現在已是皇子之母，不能沒有名分。」

趙恆略爲沉吟：「那就……先封個『縣君』？」

縣君是等級較低的嬪妃封號，有時也會用作冊封官員的母親或正室。

劉娥嘟嘴不滿：「才只縣君？」

趙恆悄聲道：「我一直有個想法，還沒跟妳商量。」

「神祕兮兮的幹什麼?」

「我想對外宣稱,這皇子是妳生的。」

劉娥一呆,怔怔的望著皇帝。

原來劉娥的父祖兩代都是軍籍,後來父親陣歿於沙場,家道因此中落。劉娥十五、六歲時就在街頭擊鞀鼓、唱曲兒爲生,沒多久便嫁給銀匠龔美爲妻。

那時趙恆才剛成年,受封爲「襄王」,年輕人心性,總喜歡在街上溜達,一日碰見劉娥在街上賣藝,驚爲天人,便想將她收入王府爲姬。但劉娥已婚,丈夫龔美爲了要擺脫貧困的生活,就出了個主意,假稱是劉娥的哥哥,讓她得以進入王府。

她成爲襄王的姬妾之後並不順遂,襄王的乳母極爲鄙視她的出身,密告當時的皇帝宋太宗。宋太宗勃然大怒,下令把她逐出王府。然而,趙恆無法忘情,偷偷的把她養在外面,直到太宗駕崩,趙恆繼承人位之後,才光明正大的把她迎回宮中,封爲「美人」,恩寵不衰,成爲如今後宮中最有權力的嬪妃。

趙恆一直想封她爲后,但遭到一些元老重臣的反對,因爲她並無子嗣,且出身寒微。如果她現在產下了皇子,自然就名正言順了。

劉娥感動的睨了趙恆一眼:「唉,這事兒……我再想想。」

「好,朕先去早朝,回來再說。」

趙恆取出那塊金剛石，握在手裡不停把玩。

劉娥凝目：「這是什麼東西？」

趙恆笑道：「高麗國進貢的，簡直是絕無僅有的寶貝。」

劉娥皺眉：「上朝幹嘛還要帶這個？先把它放下吧。」

「欸，凡是寶貝都能帶給人好運，我多摸摸它，說不定能賜福給整個江山社稷呢。」

趙恆本就有神祕主義的傾向，劉娥也不便多言。

趙恆整了整衣冠，步出福寧殿，負責「起居注」的蘇透在殿外等待，遠遠的跟著皇帝走向外朝。

他眼睜睜的望著皇上手中握著那塊詭異的石頭，心中想著昨夜顧寒袖的話，本想出聲提醒，猶豫再三之後，還是放棄了。

畢竟，這事兒太荒謬了，任誰也不敢說出口。

要命的卯時三刻

卯時三刻，趙恆步入「垂拱殿」，百官已在內等待。

大宋的早朝制度，每一日叫作「常參」，百官在「文德殿」排列，宰相負責押班，並單獨進入垂拱殿奏事；每五日，文武百官隨宰相一起進入垂拱殿拜謁皇帝，叫作「起居」。

因爲制度鬆散，後來常參官必到，其餘百官缺席者眾。

今日，因爲皇子於昨夜出生，所以大大小小的官兒全都來了，準備送上一堆祝賀之詞。

趙恆滿臉微笑的走進殿內，手上仍摩挲著那塊金剛石。

顧寒袖在行列中看見，矍然人驚：「怎麼小莫已經把寶盒送進來了？」

他正想衝上前去警告皇帝，相當於副宰相的「參知政事」鮑辛已搶在前面，跌跌撞撞的跑向趙恆，口裡嚷著：「皇上，微臣有急事稟奏……」

他話還沒說完，趙恆不停撫摸金剛石的手指不知觸動了什麼東西，金剛石霍然裂成兩半，冒出十二股金閃閃的濃煙。

十二星宮魔王

在浩渺的宇宙中，所有的物質或能量都能凝聚成神明或妖魔。

植物、礦物、氣體、雷電、光……只要條件配合得當，都會瞬間形成無可匹敵的物體。

現在排列在大宋君臣面前的十二個奇形怪狀的東西，便是由黃道十二星座的光燄形成的大魔王。

爲首的一名羊頭魚身，背生雙翅，名喚「魔羯宮」，手持一束能夠捕撈萬物的漁網。

他的左首站著一位手中提著個瑪瑙水瓶的美少年，是爲「寶瓶宮」。

左首第二位是兩條尾巴相連的魚，手中悠哉的輕搖摺扇，叫作「雙魚宮」。

左首第三個則是一隻毛色白中透金的大山羊，手持鑌鐵長矛，名爲「白羊宮」。

再過去是「金牛宮」，一頭金色的巨牛面露殺氣，手握混元鐵耙，威猛難當。

左首第五位是一對雙胞胎，兩人的身體背靠背的連在一起。一人手持長刀，另一人手握短劍，喚作「雙子宮」。

左首最後一個是「巨蟹宮」，鐮刀般的兩個箝子上還夾著兩面盾牌。

魔羯宮的右首，是一頭齜出利齒的紅毛獅子，叫作「獅子宮」，手持一柄鳳翅鎏金钂，這武器最爲華麗，臨陣廝殺的實用價値卻不甚高。

緊挨著他身邊的是一名絕美的婦女，她對武器挑剔得很，不管什麼絕世神兵都看不上眼，只信任自己的柔荑雙手，是爲「處女宮」。

她的右邊也是一位女神，手持一具傳說能夠平衡所有東西的天秤，喚作「天秤宮」。

再右邊，一隻黑色的大毒蠍，腰纏淬過劇毒的單鉤飛抓，其實他渾身都是餵毒暗器，讓人防不勝防，是爲「天蠍宮」。

最後一位是人頭馬身的「射手宮」，金弓銀箭，奇炫無比。

皇帝變

垂拱殿內的滿朝文武都被這十二個魔王嚇呆了。

趙恆嚷嚷：「何方妖物？來人哪……」

他才一開口，魔羯宮甩出手中漁網，朝他身上一罩，趙恆便目瞪口呆的傻住了。

統領禁衛軍的「騎軍殿前指揮使」万齊方賈勇衝出。「大膽妖賊，我宰了你們！」

獅子宮輕揮鎏金鑹砸在他頭上，把他的腦袋打成了一塊肉餅，鮮血濺到不少人的身上。

天秤宮嬌聲笑道：「奉勸諸位切莫動粗，大家心平氣和的一起度過世界末日。」

群臣都想：「這個臭婆娘在說什麼鬼話？」

卻見趙恆回過神來，凝目掃視群臣，他的眼珠通紅，爆射出兇殘的光芒，讓大家不寒而慄。「官家怎麼變了個人似的？」

原來魔羯座的魔性已附在他身上，他已不是原來的趙恆了。

「万齊方何在？」

「同中書門下平章事」相當於宰相的柴鎔道：「万指揮使已經死了。」

「死了？死得好！」趙恆又叫：「副指揮使何在？」

副指揮使名叫徐柑，十分忠心於皇帝，剛才因見趙恆身處十二魔王陣中，才不敢冒然動粗，此時見他召喚，立刻挺身而出：「皇上有何吩咐？」

趙恆森冽的說：「你即刻率領禁衛軍進入開封城，殺光所有的老弱婦孺，只留十八到四十歲的壯丁，然後把他們全都編入行伍。」

徐柑聽到這種命令，當然楞住了。

趙恆又叫：「樞密使何在？」

掌管全國軍隊的寇世雄上前：「老臣在。」

趙恆道：「通令全國各地的『廂軍』，比照辦理。總而言之，殺光所有不能當兵的人，把能夠當兵的全部編入軍隊。」

文武百官都震驚得說不出話。

顧寒袖大叫：「皇上，你快醒醒，你被魔王控制了！」

趙恆仰天狂笑：「誰能控制我？」

「那你爲什麼會發下這種命令？」

「朕要建造一支最強大的軍隊，征服全世界，殺光全世界的人！」

顧寒袖抗聲：「果眞如此，你便是暴君，人人得而誅之！」

趙恆大怒：「你敢這樣跟朕說話？」

旁邊的金牛宮早已按捺不下，一頭撞去，顧寒袖當場暈厥倒地。金牛宮搶上兩步，還想用牛蹄踩他胸口。

「等等。」魔羯宮制止。「他是開封府的首腦，留著他還有用處。」

趙恆喝道：「還有誰不服？不服的站到右邊去。」

宰相柴鎔、樞密使寇世雄與許多元老重臣都大義凜然的站到了右邊。

天蠍宮渾身一陣亂抖，幾十支暗器射過去，把他們全都殺了。

副宰相「參知政事」鮑辛、「太常寺卿」駱伯和等一干佞臣，立馬顫抖著俯伏在地，山呼「萬歲」不已。

蘇透也跟著他們一起下跪，心裡則不停的打著算盤。

處女殺手

後宮的嬪妃、宮女、內侍都還不知外朝發生了什麼事，兀自沉浸在皇子誕生的喜悅與忙碌當中。

忽見一個美豔婦人蓮步輕移走了進來，大剌剌的掃視每一個人，嘴裡冷笑著：「這宮裡沒什麼漂亮的母獸，都是些醜八怪，不知這皇帝當得有何樂趣？」

嬪妃講究出身門第，美女當真不多。

十幾名內侍氣洶洶的湧上來。「妳是什麼人？出言不遜，敢情是活膩了？」

「依我看，全世界的獸都活膩了。」那婦人慵懶的伸出一隻手掌，舉在眼前，非常自戀的欣賞了一回。「唉，這麼美、這麼細、這麼嫩的手，爲什麼要殺獸呢？」

在十二星宮魔王的眼裡，人類可都是獸。

內侍湧來更多了。「是個瘋子，把她扠出去！」

那婦人的淺笑之中浮現一絲獰惡：「我不是瘋子，我是處女。」

處女宮手掌一翻，根本看不清她做了什麼動作，那二十幾個內侍登即胸口狂噴鮮血，心臟都不見了。

嬪妃、宮女嚇得尖嚷，紛紛走避。

處女宮形移似電，體旋如風，把能夠看得見的女性統統殺了個精光，一邊大喝道：「沒卵蛋的公獸別怕，我還要留著你們幹粗活。」

內侍們都驚得動彈不得，處女宮還不罷手，進入每一座宮殿，搜遍每一處角落，所有的女子都難逃毒手。

劉娥在「坤寧宮」內剛準備就寢，聽得外頭響動，正自狐疑，內侍押班何喜氣急敗壞的跑了進來。「殿下，大禍臨頭了，快躲起來！」

剛剛產下皇子的李淑忱是劉娥的貼身宮女，就住在宮殿後的房間裡。

劉娥狂奔過去，先抱起嬰兒，再拉著母親，跑向偏殿的一個角落，拉動一扇屛風，地下兩塊青石板左右移開，露出了一個密室入口。

處女宮已從外面衝入。「別想逃！」縱身猛撲而來。

劉娥已扯著李淑忱進入地下密室，再一拉洞口機括，兩片青石板便闔上了。

處女宮舉腳用力踩了幾下，石板紋風不動，令她大感意外。「居然有我破壞不了的東西？」

再運足全身力氣在石板上蹦跳踩踏。

密室內，劉娥與李淑忱兩個女人擁抱著一個嬰兒，聽見頭頂傳下強烈的撞擊聲響，土屑石粉不斷落在她們頭上。

李淑忱嚇得渾身發抖，連哭都哭不出來。

劉娥安慰著說：「官家曾經告訴過我，這密室建得非常牢固，妳不用擔心。」

李淑忱顫聲道：「外面到底發生了什麼事？官家的性命還在嗎？」

劉娥抱緊嬰兒：「我們拚了命，也要保護這孩子不受到任何傷害。」

辰時正

莫奈何度過了一個充滿海水與船舶的夜晚。

昨夜被梳雲灌了不少酒，使得他整夜做著海上行舟的夢，清早醒來，頭還在不停的發暈。

他搖搖晃晃的走出「小貨行街」，上了「馬行街」，想去「雞兒巷」張家買幾塊油餅當早餐。

才剛走上大街，就見一個熟識的年輕小伙子迎面走來。

「張小衰？練完拳了？」

這張小衰是「形意門」的弟子，正職是進財大酒樓的跑堂領班，與莫奈何相識已久。

「我家大小姐的身體這半年多來一直不太舒服，好不容易找到『獨勝元堂』的靳大夫，說是有藥可醫，配了十幾天才配好，叫我今天去拿。」

「獨勝元堂順路，我陪你走過去。」

兩人一邊走一邊閒聊。莫奈何問道：「你們搬過來以後還好吧？」

形意門總部本在洛陽，今年二月才遷到開封。

「一切都很順利。」張小衰難掩憂心。「只是大小姐的病情愈來愈糟糕……」

莫奈何低聲說：「難道是相思病？」

形意門的掌門千金霍鳴玉與洛陽總捕姜無際情投意合，然而九個多月前姜無際離奇失蹤，使得霍鳴玉鎮日愁容滿面，莫奈何的推測不無道理。

張小衰猛搖頭：「靳大夫說，可能是『懷果』吃多了的緣故。」

莫奈何心中一動，還想再問，兩人已走到獨勝元堂前。

驀然慘叫聲四起，一隊禁軍衝上大街，見人就殺。

莫奈何和張小衰都楞住了。「他們怎麼會這樣？」

領隊的都虞候帶著幾名士兵衝入獨勝元藥鋪，先一刀把五十餘歲的靳大夫殺了，然後又亂砍藥房裡的老伙計。

張小衰大急，衝了進去：「你們還有沒有王法？」

都虞候喝道：「我們就是王法！」把他上下一瞅，扭頭吩咐士兵：「這人還年輕，把他抓了！」

張小衰怒道：「你們憑什麼抓我？」

「皇上有令，所有丁壯必須入伍爲兵。」

兩名士兵上前就想抓他，張小衰是形意門的入門弟子，拳術不弱，一式「野馬分鬃」，把那兩個士兵打退了好幾步。

「你找死！」都虞候從他背後一刀砍下，把他劈成了兩爿。

莫奈何既驚又怒，大喝：「你們怎麼可以亂殺人？」

都虞候又指著他叫：「把這個抓走！」

士兵如狼似虎的撲過來，莫奈何趕緊退到店外，卻被外頭趕來的士兵攔住。

一個士兵嚷道：「這小子不聽話，殺了算了！」

都虞候一擺手：「殺！」

莫奈何只是出來吃早餐，並未攜帶一向不離身的「大夏龍雀」寶刀，連裝著櫻桃妖的葫蘆也沒帶，毫無還手之力。

千鈞一髮之際，聽得一人高叫：「住手！」

是「殿前副指揮使」徐柑來了。

「你們這些渾頭，不認識他是誰嗎？」徐柑怒罵：「他就是『八印國師』小莫道長！」

都虞候嚇一跳，躬身哈腰：「國師沒有出示印信，我們當然不曉得。」

徐柑又罵：「只不過出來吃頓早餐，誰會把大印帶在身上？」

莫奈何眼見情勢怪異，忙問：「徐柑，你是想造反？」

徐柑苦下一張臉：「這是官家親自下的命令，殺光老弱婦孺，只留丁壯。剛才在垂拱殿內，不服從這道命令的官員統統都被殺了！」

「怎……怎會如此？」

「有十二個不知從哪裡來的怪物突然出現，官家就變了一個人似的。」

莫奈何聳然大驚：「女媧寶盒發動了！」

「什麼寶盒？我只看見官家手中拿著一塊金剛石。」

莫奈何腦中一陣暈眩，坐倒在地。「寶盒竟是我送進去的？」

「小莫國師，你怎麼了？」

莫奈何欲哭無淚：「你能不遵守這沒人性的命令嗎？」

徐柑的臉更苦：「國師，你也知道我，我徐家祖孫三代一心忠於趙官家，我只能相信官家的命令一定是對的。」

莫奈何急道：「你們眞的要殺光開封百姓？」

徐柑低聲道：「不止如此，這命令已經下達全國，一體遵行，整個大宋疆域裡的老弱婦孺全都完了。」

「各地應該會起而反抗吧？」

「分布於各地的廂兵與鄉兵都不堪一擊，反抗有什麼用？」

大宋的主要軍力都集中在京師附近，也就是所謂的禁軍，派駐各地的叫作「廂兵」，不論裝備或訓練都遠不及禁軍。

徐柑長嘆一聲：「國師快躲回家裡，如果你再被什麼隊伍碰到，我也保不住你了。」

形意門總部

莫奈何發足狂奔，先跑到距離最近的形意門總部。

一衝進大門就見霍鳴玉帶著一隻紅色的小豬在練武場上遛達。

那小豬張口就罵：「媽拉爸子，小莫你這個混帳東西有沒有一點禮數？」

此豬名喚「山膏」，是苦山的特產，天性愛罵人。牠原本是洛陽總捕姜無際的老伴當，姜無際失蹤後便一直跟著霍鳴玉。

莫奈何叫道：「大禍臨頭，張小衰已被殺了，大家快做準備！」

形意門老掌門「鐵拳」霍連奇、大弟子厲鋒與二十幾名門人都跑了出來。

莫奈何三言兩語的說完外面正在發生的事情，另一隊禁軍已衝入大門。

「哈哈，都是丁壯，統統抓住！」

霍連奇雖已將門中事務交給女兒掌管，但他仍是名義上的掌門人，當然得挺身應付這種狀況，他大步上前，正想開口說話。

「這個老的沒用，殺了！」

幾個士兵舉刀砍下，霍連奇號稱鐵拳，是第一屆拳鬥大會的冠軍，拳術造詣之高，當世頂尖，那幾個兵怎當得他三拳兩腳，全都趴在地下。

帶隊的都頭率領全隊五十名士兵殺了過來。

形意門的弟子只有二十多個，且都沒有兵刃，處於絕對劣勢。

小豬山膏大嚷：「姐姐，該顯神通了！」

霍鳴玉把腰一拱，身體變得比平常高大了三倍以上，掌如蒲扇、臂似巨木、拳若鐵缸、腿賽大象。

原來她在去年六月間，為了要除掉怪物蚩尤，根據《山海經》的記載，找到了一種名為「櫰果」的果子，吃下去之後，不但身形變大，體力更增強了無數倍，平常時可以回復原狀，緊急時就變成了神力女巨人。

她一步就跨到了那都頭的面前，一拳把他打矮了三尺，頭都跑到肚子裡去了，再朝著那隊士兵發一聲吼：「還不滾嗎？」

那五十個兵嚇得爹娘姓什麼都忘了，剎那跑得精光。

大弟子厲鋒道：「大軍一定會繼續湧至，我們快加強防務。」

霍連奇掃視練武場一眼：「我們這裡圍牆不高，人手又不夠，恐怕守不住。」

厲鋒爭執著說：「只要我們眾志成城，沒有守不住的道理。」

莫奈何在旁忽一擊掌：「對了，丐幫大院倒可以當成避難處。」

霍連奇道：「如此甚好，我們去收拾一下重要的東西。」

兩人走入大廳，厲鋒走在前面，霍連奇走在後面。

厲鋒兀自堅持己見：「我們形意門的根本在這裡，奈何放棄？那丐幫大院是什麼地方，怎麼可以……」

他話還沒說完，一名來不及逃的虞候躲在門洞裡，情急之下，一刀砍向厲鋒後背，瞬即鮮血四濺而死。

霍連奇既驚又怒，搶上一步，一拳把那虞候打得胸骨盡碎。

霍鳴玉衝了進來，見狀心疼：「二師兄……」

形意門本有一個趙鷹是大師兄，去年不幸身亡後，厲鋒才成了首席大弟子，所以霍鳴玉習慣上仍稱他為二師兄。

「事急了，莫再遲延。」莫奈何囑咐道。「你們先去丐幫大院，我隨後就來。」

護梅

「軍器監」裡有個獨立的小院落，是「劍作大將」梅如是專用的工作坊。

她聽見外頭人聲喧噪，馬蹄雷滾，心中正自狐疑，莫奈何已三步併一步的衝進來。「梅姑娘，快跟我走。」

「外面怎麼了？」

「皇上被魔王附體，要殺光所有人！聽說顧兄被魔王打暈，不知現在生死如何？」

梅如是驚呆半晌，在莫奈何的催促聲中才清醒過來，把自己最得意的幾柄寶劍帶在身邊，跟著莫奈何走出前門。

這兒剛被禁軍掃過，滿地都是百姓屍體，愈往城中走，死屍愈多，連小孩都難以倖免。

梅如是切齒道：「趙官家太可恨了，不如我以獻劍之名，進宮去刺殺他。」

莫奈何道：「這應是魔王做怪，我們要想辦法對抗那些魔王。」

兩人才走出「老鴰巷」，又遇上一隊二十餘人的禁軍隊伍。

「站住！女的殺了，男的抓去當兵！」

莫奈何挺胸大喝：「我是八印國師，誰敢動手？」

正如徐柑剛剛所說，大多數的禁軍才不管你什麼七印、八印，只管揮刀挺矛的衝殺而來。

「小莫哥，接住！」

梅如是把天下第一神兵「湛盧劍」拋給了他，自己則抽出自行鍛鑄的「鸞駕寶劍」。

他倆雖然都不會武術，但這兩柄寶劍鋒利絕世，禁軍的刀來刀斷、矛來矛折，全都跟麵粉做的差不多。

禁軍終究訓練有素，沒那麼容易打發，帶隊的都頭發下號令，派出幾名刀兵纏住莫奈何，其他的都一起猛攻梅如是。

梅如是乃是鑄劍師，劍使得比莫奈何順手得多，但畢竟力怯，步步敗退，腳下一滑，跌倒在地。

一名禁軍乘勢衝前，朝著她胸口一矛刺下。

莫奈何見她命在旦夕，哪顧自身安危，和身撲過去趴在她身上，硬挨了這一矛。

梅如是緩過手，從他身下出劍，削斷了那矛兵的腳。

莫奈何翻身站起，渾身是血，兀自奮勇持劍進逼。

禁軍們被他這兇狠的模樣嚇著了，狼狽退走。

梅如是連忙起身察看他的傷口，雖未刺中要害，然已深入胸腔之內，甚是駭人。

「小莫哥，你還好吧？」梅如是震悸落淚。

莫奈何其實痛得要死，但不想讓她擔憂，強笑道：「沒事，我們快走。」

內鬨

少頃，來到進財大酒樓前，卻見酒樓已陷入一片火海，房客、酒女、伙計紛紛往外奔逃，大掌櫃邢進財站在店前，痛心疾首的大聲號啕：「我的酒樓我的命，我的財富我的血……」

莫奈何喝道：「你還想錢？快召集你們刑氏家族！」

燕行空與梳雲都住在酒樓內，被大火燒得狼狽逃出。

莫奈何一把抓住梳雲，厲聲質問：「妳帶來的那塊金剛石就是女媧寶盒。妳說，妳是不是魔王的引路者？」

梳雲面露無辜：「小莫國師，我逃難來此，會幫誰引什麼路嘛？」

邢進財在旁瞥見她說話的時候，眼中不停的閃出詭譎之色，疑心頓起，一把抓向梳雲肩頭：「總之，妳一來就沒好事，先拿住妳再說。」

燕行空伸手擋下：「大叔，不要誣賴好人。」

邢進財跳腳：「你還幫她說話？你倆是不是有什麼不正常的關係？」

梳雲驀地放聲狂笑：「沒錯，他就是我的情人！」趁著眾人一陣詫異的時候，起手兩鏢就朝邢進財射去。

邢進財的金算盤可沒忘了帶，一舉手擋掉飛鏢，算盤上的三顆金算珠反打回去。

梳雲只是凡人，怎禁得起邢進財的神兵利器，燕行空忽從旁探出巨掌，把算珠都捏在手中。

邢進財怒喝：「刑空，你當真要幫助這妖女？」

燕行空苦笑：「抱歉，我沒辦法。」拉著梳雲跑向街尾，失去了蹤影。

莫奈何跌足：「燕大哥怎麼會……唉，搞得這什麼事兒？」

邢進財不再哭他的財產了，從懷中掏出一支小箭，往天上一拋，小箭發出厲嘯，正是召集刑氏所有子孫的號令。

沒過多久，以年輕一代的刑飛爲首的刑天後裔統統趕至，崔吹風也帶著音兒趕來了。

莫奈何道：「大伙兒都到丐幫大院會合，商量出一個辦法。」

梳雲發狂

燕行空拉著梳雲在小巷中狂奔。

梳雲邊跑邊發出「嘰嘰嘰」的怪笑。

燕行空道：「呂夫人……」

「你還叫我呂夫人？」梳雲打開他的手，大步前行。「沒想到你根本是個不敢面對現實的窩囊廢。」

燕行空急道：「妳要去哪裡？」

梳雲道：「我要進宮。」

「不可以！」燕行空想趕到前面攔下她。

梳雲回身就是四支柳葉飛刀：「你再跟來，我就更不客氣了。」

燕行空只能眼睜睜的望著她離去。

天秤上的重量

顧寒袖醒來時，發現自己躺在開封府衙的公堂上，刑名師爺、錢穀師爺與一些年紀比較大的衙役，死得滿地都是。

顧寒袖驚駭莫名，剛站起身子，一個手持天秤的女魔王就走了過來，悠悠道：「顧府尹，我不會殺你，你還年輕，還要去當兵打仗呢。」

顧寒袖賈勇大罵：「妖怪，你們休想得逞，外面有許多神通廣大的人類英雄，必將你們剿滅殆盡！」

「等他們來了再說。」天秤宮淺笑道：「據我所知，開封城有居民一百三十餘萬隻，其中該死的大約有一百萬隻，你先把他們的戶籍名冊整理出來交給我。」

府衙的戶科內確實有戶籍清冊，顧寒袖當然不吐實，只推說：「戶籍由戶部掌管，妳找錯地方也找錯人了。」

天秤宮一派平和：「所以這不歸你管？」

「沒錯。」

「唉，你既然沒用，就先把你秤秤吧。」天秤宮右手舉起天秤，左手把顧寒袖一提，放上了天秤的一端，當然立馬傾斜。

「怎麼會這樣？」天秤宮不解。「你這個公獸什麼都不知道，有等於沒有，怎麼還會有重量？」

天秤上噴出一股黑煙，顧寒袖整個人化為齏粉，飛散於虛空之中，天秤也恢復了平衡。

天秤宮很滿意：「這樣才對嘛。」

反抗軍指揮所

丐幫大院因為要限制流浪貓狗到處亂跑，所以院內建築雖然還蓋不到一半，圍牆已先建好，只留了幾個缺口供工匠出入。

莫奈何把附近還沒被殺的百姓都收入大院，一大群人亂糟糟的在院中亂竄，惹得乞丐大罵、貓狗大嚷。

卻見耶律隆祐也帶著隨從倉皇奔入。

莫奈何驚道：「楚國王？難道禁軍也攻入了都亭驛？」

「是啊。」耶律隆祐心有餘悸。「我這一路過來，只見亂兵在城內大肆屠戮，殺得屍積成山，血流成河，連老人小孩都不放過。你們大宋發生了什麼事？篡位？兵變？還是根本就滅亡了？」

丐幫幫主芝麻李幸災樂禍的笑道：「不只大宋，全人類都要完蛋了！」又得意的說：「魔王的總部在皇宮，反魔王的總部在丐幫，可見丐幫比皇宮還要高上一等。」

正說間，「捧日左軍」都指揮使柳承率領了一千名騎兵從大街上衝向大院。

捧日軍屬於殿前四軍，是禁軍當中最精銳的部隊之一，旗幟鮮明，器仗精良，能在瞬間踏平一座小城池，別說這個寒傖的院落了。

邢進財急喊：「快守住那幾個出入口！」

但此時院內的高手有限，如何擋得住這隊驃悍的騎兵？

莫奈何等人都在心裡大叫：「這下死定了！」

水火戰騎兵

音兒雙手插腰，輕鬆笑道：「唉喲，仗著人多是吧？仗著馬比人高是吧？仗著槍亮、矛長、斧重是吧？仗著披在身上的那層鐵厚是吧？仗著……」

進財大酒樓的酒女春荷急道：「妳別嘮叨了，快拿出妳的本領來。」

大院在開封城的西南隅，前方緊臨蔡河。音兒雙手一舉，蔡河河水便無風起大浪的潮湧過來，卻不淹兵馬，也不漫大院，只一條巨蛇似的環繞著大院的院牆外翻滾，形成了一道六尺高的護城河。

她是水神共工的女兒，一身「水漫天」的功夫已臻化境，驅動河水就跟使喚奴僕一樣稀鬆平常。

捧日軍的一千名騎兵都看呆了。「這……怎麼回事？」

音兒扭頭笑道：「崔郎，該你了，就彈你那天的〈十面埋伏擒蛟龍〉吧。」

「天下第一樂師」崔吹風抱著他的琴在院內東踅西轉，好不容易找到一座還未完工的閣樓，便一步一步的走上去，先撿了幾塊木板搭成一個矮桌，再把琴放在上面，褪去琴衣，輕咳幾聲，十指撫摸嬰兒似的放在琴弦上。

百姓們又憂又急：「那小子做張做致的搞什麼？」

崔吹風又準備了半天，右手中指一撥羽弦，一道火苗從弦上蹦出，直射捧日軍的大旗。他是火神祝融的子孫，祝融的兒子「長琴」發明了中原的音樂，所以火源就藏在音樂裡。

從前崔吹風一定要發怒，琴才出得了火，偏偏他天生一副好脾氣，二十幾年沒發過火。後來摸著了竅門，隨時隨地都能發火，而且準確無比。

眾軍但見那道火燄橫空噴過，只發出「擦」的一聲，就把那面華麗的大旗燒成了一塊焦黑的破抹布。

騎兵們又傻了。「這又怎麼了？今天的水跟火怎麼這麼邪門？」

音兒叫道：「喂，各位大哥，你們還不知厲害嗎？還不退兵嗎？還不夾著尾巴逃命嗎？還不腳底抹油滾蛋嗎？還不……」

春荷笑得打跌：「音兒，妳那張嘴眞要命。」

莫奈何嚷嚷：「崔公子，再燒個東西讓他們膽寒。」

崔吹風道：「還要燒什麼東西？」

百姓們都叫：「燒那個都指揮使的頭！」

崔吹風小指又一彈文弦，一溜火尖直射柳承頭盔，「噹」地一聲，把那頂鑌鐵獸頭鳳頂盔燒了個洞，連裡面的頭髮都著起火來。

柳承嚇得倒跌下馬，扔掉頭盔，撲滅頭上火勢，奇妙的是竟沒傷著皮肉。

柳承心膽俱裂，躲在馬腹底下，再也不敢探頭。

眾騎兵也都直往後退，柳承在馬腹底下大叫：「臨陣退卻者，軍法從事！」

眾軍無奈，然而心想大院被水繞住了，攻既攻不進去，裡面的人也出不來，於是大伙兒就有樣學樣，全都躲在馬腹下，讓火燒不著，能僵持多久就僵持多久。

刑飛見他們打死不退，揮手召集三十多名刑天子孫。「音兒姑娘，放一條路讓我們出去。」

音兒右掌一擺，繞住大院的水牆就裂出了一個五尺寬的缺口，讓刑飛率領兄弟們衝了出去。

刑飛是大神刑天的第三百零四代子孫，燕行空在陰陽斷崖抱著魔尸一起摔下去之後，金斧銀盾就交給了他，成爲新一代的刑氏首領。

他揮舞金斧撞入騎兵陣中，立時掀起一片腥風血雨。

從祖先刑天開始，刑氏一門的風格就是殺無赦，既然要動手，便一定斬草除根，決無二話。

刑飛的武術已盡得眞傳，揮灑金斧如同舉箸弄籤，收放自如，捧日一軍之下共有十將，轉瞬就被他殺了八個。

其他的將虞候、都頭等低級軍官，也都被刑氏子弟殺得十不存一。

柳承在馬腹下大叫：「弓兵，快射！」

弓兵眼見雙方人馬混成一團，都不知該如何出手。

柳承喝道：「不論敵我，儘管射就對了！」

弓兵們才一舉弓，隊伍就被一人衝開，是從後方殺到的燕行空，他鐵拳縱橫四擊，打得弓兵抱頭鼠竄。

柳承兀自大嚷：「軍法從事！軍法從事！」

燕行空已欺到他馬前，把他從馬腹下拖出，往外一摔，飛得比那些弓兵還遠。

「主帥退了，我們不退還要幹嘛？」

一隊捧日軍驍騎就此退得精光。

燕行空走到刑飛面前，很滿意的拍了拍他肩膀：「金斧銀盾今日方得明主。」

「空叔，這是你的，該還給你。」刑飛恭敬的想把兩件武器奉還給燕行空。

燕行空欽道：「它們更適合你，你就別太謙遜了。」

音兒又讓水牆開了個口，讓刑氏一族走回大院。

莫奈何迎上前來便質問燕行空：「梳雲呢？」

燕行空重嘆不語。

莫奈何厲聲道：「燕大哥，你別再維護她了，她究竟爲何要把女媧寶盒送入宮中？她爲何要危害全人類？」

燕行空道：「她根本不知道什麼寶盒，那塊金剛石也不是高麗國的寶物，而是她從一條死鯨魚的肚子裡掏出來的。」

莫奈何怔了怔，恍然：「我懂了，一定是那九尺巨人成大腕搶了漁船逃亡出海，卻被鯨魚給吞進了肚。」

梅如是道：「很顯然，梳雲大姐並不知情，而是被魔王控制住了，這事情不能怪罪於她。」

「雖然如此，」莫奈何憂心忡忡。「但她還會繼續做什麼怪？」

內應

魔羯宮靜靜的坐在龍椅上，不知心中正在打什麼算盤。皇帝趙恆呆楞楞的站在他身後，倒像是他的僕人。

沒被殺死的佞臣都困在垂拱殿內，或蹲或坐，愁容滿面。

捧日軍都指揮使柳承灰頭土臉的上殿覆命。「國師莫奈何等人抗命不遵，以丐幫大院爲基地，公然抗拒官兵。下官率隊衝鋒，但他們施展各種妖術，使得本軍傷亡慘重……」

魔羯宮道：「傷多少？亡多少？」

「傷三百零七員，亡九十五員。」

魔羯宮回望趙恆一眼，趙恆便喝道：「來人哪，把捧日軍的都指揮使、副指揮使、軍使、兵馬使統統都拖出去砍了！」

大殿外傳入的慘叫聲讓魔王們都很高興，只有巨蟹宮畏首畏腦的說：「莫奈何那一幫妖獸有些神通，咱們可得小心應付。」

魔羯宮笑道：「這不用擔心，我早已在他們之中安排了內應。」

蜷縮在一旁的文武百官俱皆心忖：「這些魔王不是才剛脫困，怎麼事先在外面已有內應？還好我剛才沒有反抗他們。」

魔羯宮掃視殿內一眼，問著：「咦，處女呢？」

射手宮笑道：「她還想要挖開那個藏匿皇后與皇子的密室。」

「不過兩隻母獸、一隻剛出生的小獸，把心思花在那上頭幹嘛？」魔羯宮皺眉。「咱們這回出來打獵，當然要追獵最大群的獸。叫她別弄了，回來幫忙。」

射手宮嗐道：「她那個人，凡事一定要拗到底，不做到百分之百決不罷休，勸不回來的啦。」

魔羯宮怒道：「去勸！」

處女宮的毛病

處女宮用上了各種東西，就是打不破密室入口的青石板，氣得把內侍又殺了好多個。

射手宮邁動四隻馬蹄，「笞笞笞」，悠悠哉哉的走過來。

處女宮看都不看他一眼：「你最好閉上你的嘴巴。」

射手宮笑道：「唉喲，這麼冷冰冰、兇巴巴的幹什麼？我最佩服妳的幹勁。我呢，就是凡事馬馬虎虎，得過且過，一直都在心裡想著要跟妳看齊才好。」

處女宮有些意外：「你不是來勸我放棄的？」

「放棄？爲什麼要放棄？」射手宮做出勝利的手勢。「當然要繼續努力，努力努力更努力，總要弄出個結果，對吧？」

分派任務

丐幫大院內，大家聚集一處討論應對方案。

櫻桃妖剛剛在家中睡醒，這時才趕了過來，發現莫奈何背上深深的矛傷，痛心驚叫：「你怎麼啦？我一不在你身邊，你就變成這樣！」

「沒事，沒事。」莫奈何一逕敷衍，又道：「我們枯守在這兒也不是辦法，總得要攻入宮內才行。」

酒女們都道：「何必這麼麻煩，請崔公子彈首曲兒，發個天火把宮城燒個精光，不就結了？」

崔吹風猛搖頭：「文武百官、嬪妃、宮女、內侍都還在裡面，這一燒要燒死多少無辜的人？」

邢進財沉吟著：「該先派個人進去探探裡面的情形究竟如何。」

地面上氣泡似的現出許多小洞，變得只有兩寸大的羅達禮率領著一千多個同樣大小的菌人，每人騎著一隻六寸大的小狐狸，從地裡鑽了出來。

原來羅達禮早已學會了縮小術，能跟菌人一起在地下行動。

莫奈何道：「聽說菌人打出的地道，總共有七千多萬里，你們能夠從地下進入皇宮嗎？」

菌人首領之一的陶大器道：「我們的地道四通八達，沒有去不了的地方……」

毛大腿續道：「一千多年前，我們就在開封的地下挖了許多通道……」

牛大隻道：「那時開封還叫作大梁。」

管大用接道：「但後來，大宋趙匡胤建國後，請了墨家的能人重新修築皇城……」

彭大奶道：「把地基建造得堅固異常……」

艾大米道：「所以現在我們挖不進去了。」

櫻桃妖氣道：「短話可以說成長話，你們的身高怎麼不會變長呢？」

羅達禮道：「我有一把女媧寶傘，躲在傘下就能隱形，但宮門緊閉，宮牆高聳，沒人能跳得進去。」

莫奈何想了想：「寶傘能蓋住我的飛車嗎？」

莫奈何於去年三月在遠赴崑崙山途中，得到了一部由「奇肱國」製造的飛車，平常就停放在丐幫大院內。

「飛車體積太大，寶傘當然蓋不住。」羅達禮道：「你不如駕起飛車，趕到崑崙山去求女媧大神出手相助。」

梅如是憂慮的說：「女媧本就有毀滅人類之心，恐怕會置身事外。」

莫奈何做出決定：「如果不成，我便去找『百惡谷主』薛家糖，他能變成大雁，撐開寶傘就成了隱形鳥，一定飛得進去。」

眾人又推舉邢進財當總指揮。

邢進財道：「我們先派出斥堠，刑空、刑飛與刑氏子孫三十多人可分成三撥。形意門的霍掌門與二十多名弟子可分成兩撥，從各個方向潛到宮城之外探查對方防務，遇敵不要硬拚，一有狀況即刻回報。羅公子與菌人再進入地下去探查有沒有縫隙可鑽。」

計議既定，霍鳴玉立馬起身：「那就走吧。」

她忽覺胸口一陣脹悶，差點跌倒。近來她變身成女巨人之後，就會出現胸悶、氣急、心悸等情況，所以才會去找獨勝元堂的靳大夫診療，不料藥還沒拿到，藥鋪就被毀了。

霍連奇道：「妳需要多休息，別跟著我們去。」

巳時正

同一時間，魔王們也在討論如何對付堅守在丐幫大院內的那幫子「獸」。

魔羯宮獨自半睇著眼睛坐在龍椅上，似在傾聽某人的話語。

雙魚宮悄聲笑道：「他在跟情人說悄悄話？」

天蠍宮冷哼一聲，道：「應是那個臥底的跟他有心電感應。」

半晌，魔羯宮睜大雙眼：「內應傳來消息說，其中有八隻獸最難纏，一是莫奈何，他有崑崙山天帝賜與的蓋天印，專打妖魔；其二是羅達禮，他就是我們不共戴天的仇人女媧的徒弟，有兩件女媧的法寶，撐起寶傘就能隱形，而且可以擋住任何武器的攻擊，還有一塊女媧補天時留下來的五色石，也是專打妖魔；第三是崔吹風，他的祝融火琴已讓捧日軍吃了大苦頭；第四是他的老婆共音兒，若非她用河水護住丐幫大院，那群獸早就被騎兵衝散了；第五是燕行空，他的金斧銀盾也是妖魔剋星，頗難招架；還有三隻母獸，霍鳴玉可變身成為非常大的巨獸，黎青、黎翠兩姐妹都是西王母的徒弟，一手金針劫穴的功夫出神入化……」

雙子宮一直沒在用心聽他說話，聽到最後一句才嚇一跳：「我們有穴道嗎？嗯？我怎麼不曉得我們有穴道？」

金牛宮沒好氣：「我們沒穴道，但是眼睛最怕被針戳。」

雙子宮點點頭，靈魂又不知飛到哪兒去了。

寶瓶宮問：「其餘的呢？」

「還有一個櫻桃變成的小妖怪，邢進財、刑飛等刑氏子孫，都沒什麼大作用。」魔羯宮猛又想起：「對了，還有兩個厲害角色，『顫抖神箭』文載道和『百惡谷主』薛家糖，不過他倆都遠在邊陲，鞭長莫及。」

眾魔還想再問，魔羯宮一擺手：「大家靜靜，又有消息傳來了。」閉上眼睛，用心傾聽了一回，臉色頓轉凝重：「內應說，莫奈何有一部飛車，要飛去崑崙山求女媧。」

眾魔大驚。「女媧若插手這件事，我們就完了！」

魔羯宮疾言：「射手宮，你快登上『宣德門』城樓監視，只要一看見飛車起飛，就把它射下來！」

又分派：「獅子、金牛、天秤、雙子、雙魚，你們五個即刻出宮，沿路盡殺百姓，然後進攻丐幫大院。其餘四個守住皇城四門，我居中策應。」

獅子宮不滿道：「就這樣？我們五個去攻打丐幫大院，什麼名義？什麼旗號？誰大誰小？」

魔羯宮深知他的毛病，敷衍著：「好好好，命令你爲這個……嗯……呀……這個『五星連環攻擊隊』的先鋒。」

獅子宮瞪眼：「是正印先鋒。」

「好好好，正印就正印。」

獅子宮得意領命而去。

神箭對決

射手宮的四隻馬蹄「答答答」的剛剛登上宮城正南方的宣德門城樓，就遙見三里之外的丐幫大院飛起一輛似船似車的東西。

射手宮笑道：「被女媧禁閉了這麼久，也該活動一下筋骨了。」

伸個懶腰，取出魔弓魔箭，瞄都不瞄，一箭就出了手，又快又準，直射莫奈何頭顱。

莫奈何眼望前方，渾然不覺腦袋就要被利箭洞穿。

倏地，從另一方面閃起一道白光，也是一支箭，一支有著白色箭羽的大箭，更快更準的射在射手宮的魔箭上。

兩箭相撞，發出流星殞落的聲音，都掉在地下。

射手宮張口結舌：「天下怎麼會有比我還神的箭？」

他不知此人正是「劍神」呂宗布。

史上最著名的箭神后羿，其實最少有三個，一是帝堯時的射官，帝堯派他射日與射殺怪物「鑿齒」與巨獸「封豕」；二是帝嚳時的射官，帝嚳賜他弓箭，派他扶助弱小；三是夏朝有窮氏部落的首領，曾經短暫的篡奪夏朝。

眞正能夠射日的神弓後來被「顫抖神箭」文載道所得，「劍神」呂宗布則得到了有窮氏后羿的紅色大弓與九支白羽神箭，這套弓箭的神力雖不如射日神箭，但展現出來的威力可更嚇人。

射手宮電眼一掃，已鎖定了站在兩里開外「大相國寺」前發箭的呂宗布。

「好個青年獸，當得起我出世後的第一個獵物。」

射手宮興奮的又一箭朝他射去。

呂宗布不慌不忙，對準來箭一箭射去。

兩支箭又在空中箭尖對箭尖的撞上了。

白羽大箭從正中央把魔箭劈成了兩爿。

但這正是射手宮的伎倆，一支箭正好分成兩支箭，繞著大弧，分從左右射來。

然而呂宗布也早有算計，他一出手就是連環三箭，一箭走中路，兩箭分走左右，將那繞著彎兒射來的箭也切成了四截。

射手宮氣得大嚷：「這不公平！不公平不公平不公平！」

射手宮並不像天秤宮一般凡事講究公平，他所在意的只是別人對他公不公平。

呂宗布眼見莫奈何的飛車已遠，便不戀戰，抽身轉入小巷，迎面碰到兩條尾巴相連的魚，用尾巴撲騰著蹦了過來，一邊輕搖摺扇，哼著異國風情的小調。

呂宗布翻腕拔出「太阿寶劍」：「何方妖怪，報上名來。」

雙魚宮笑道：「你這青年小獸挺帥的，我可以想像得出你仗劍行走江湖，鋤奸除惡、濟弱扶傾，多少小母獸為你編織美夢，為你瘋狂。啊，好唯美的畫面，好浪漫的情境。想當初，我也迷倒過不少小公魚，河水都為之冒泡……」

呂宗布喝道：「那你快回河裡去，不送了。」

「你得有本領才行啊。」雙魚宮手一抖，展開摺扇，一幅極端詩意的圖案從扇面濡染開來，竟成了一幅丈把來寬的大壁畫。

呂宗布看見那畫上畫著自己與梳雲初相遇時的情景，又看見兩人卿卿我我、濃情蜜意的各種時刻，心中一蕩，就此癡了。但緊接著又看見梳雲爲了燕行空與自己翻臉的那一幕，他胸腔內倏發一陣痛，心都碎了。

雙魚宮已走到他面前，緩緩舉起手掌罩向他頂門，他根本完全沒有覺察。

「小心他的迷魂法！」

旁邊一聲嬌脆的呼喝，呂宗布立即醒轉，險險將身一低，躲過了雙魚宮的致命一擊。

雙魚宮輕嘆：「嘖，眞殺風景！是從哪裡來的母獸？」

街角轉出兩名女子，一個身材圓滾，一個豔光照人，正是黎青、黎翠兩姐妹。

兩人不識呂宗布，但看見他勇戰妖魔，自然出手相助。

雙魚宮又搖起了扇子，扇面開始顯現各種浪漫的畫面。

黎青冷哼：「別跟我們耍這套，留給你自己享用。」

黎氏姐妹齊揚雙手，十六支金針一起射向雙魚宮雙眼。

妖魔的精魄都凝聚在眼睛部位，最怕針來刺，雙魚宮慌忙舉起扇子擋住。

這些金針連著細線，由黎氏姐妹的手指操縱控制，一群蜜蜂似的從各個角度穿梭過來，鬧得雙魚宮手忙腳亂，只得用扇子掩住臉部，落荒而逃。

呂宗布上前謝過兩姐妹。

黎青道：「聽說對抗魔王的各路好漢都在丐幫大院集結，我們也上那兒去。」

三人來至大院。

梅如是一見呂宗布便上前詢問：「你有沒有看見梳雲姐？」

呂宗布冷眼盯著燕行空：「要問他啊。」

燕行空重嘆一聲：「她已經不是你從前的那個妻子了。」

呂宗布氣一沖，就想拔劍廝拚，梅如是趕緊勸住。

形意門的浩劫

霍連奇與三弟子龔起雲帶著形意門的二十多個弟子悄悄來到「西華門」外，窺探宮城防務。

龔起雲道：「掌門人，我帶十個弟兄更往西邊去看看。」

「凡事小心。」

霍連奇與剩下的十幾名弟子藉著地形愈往前行，只見大街上兩個後背連在一起的人，一人手持長刀、一人手持短劍，正在亂殺躲過了官兵圍勦的百姓。還有一頭全身金毛的牛，拿著一柄大鐵耙，見人就耙。再有一個手持天秤的女子，抓住人就往秤上放，一放上去就成了粉屑。

形意門弟子個個義憤填膺，想衝出去跟他們交戰。

霍連奇沉聲道：「我們不是對手。我們的任務是探查情況，不要枉費性命。」略一尋思，又道：「你們留守在這裡，我去警告起雲。」

霍連奇往西疾行，奔至一處街角，卻見龔起雲渾身是血的從一條小巷中走出。

霍連奇大驚：「你們怎麼了？」

龔起雲已身受重傷，半個字也說不出口。

霍連奇衝入小巷，其餘的十名弟子都已被殺死在地。

霍連奇痛心疾首，蹲下身子查看他們之中有沒有能救活的，忽聽身後響動，猛一回頭，龔起雲已來到他身後，但不是走過來的，而是被一隻巨大的獅子叼過來的。

霍連奇怒極攻心，跳起身子，一拳朝獅子宮頭上打去。

他的拳頭之硬，舉世無匹，獅子宮挨了幾拳，嗚哇亂吼，張口來咬，霍連奇的步法迅捷，獅子宮不但咬不著，鼻頭又挨了幾拳。

獅子宮火大透了，卸下背上的鳳翅鎏金钂，揮舞開來。

這個造型繁複笨重的武器雖然以威嚇的成分居多，但藉著獅子宮的蠻力，一時之間的威力仍甚駭人。

霍連奇被逼得直往後退，不慎踩在形意弟子的屍體上，滑了一跤。

獅子宮乘隙直進，舉鑣砸下，霍連奇自分必死，忽見幾個東西遮住自己的頭部，擋住了鑣尖。

原來是刑飛與十幾個刑氏後裔從另一邊趕到，用盾牌救下霍連奇。

獅子宮一見人多，更來勁兒了，揮動鎏金鑣，沒頭沒腦的亂砸。

刑氏一門結成盾牌陣，架住他的瘋狂攻擊，且戰且走，退回大院之中。

五星連環攻擊隊

霍鳴玉站在院前，看見父親狼狽而回，又聽說形意門弟子全軍覆沒，原本不適的身體內焚起怒火，又變身成了女巨人。

霍連奇擔心大叫：「妳快退下！」

但獅子宮、金牛宮、天秤宮、雙子宮、雙魚宮五個魔王已同時來到大院外。

獅子宮喝道：「五星連環攻擊隊正印先鋒在此，識相的快快俯首領死！」

音兒手一揮，護住大院的河水湧起一個浪頭，席捲過去，潑得他鬃毛盡溼。

天秤宮也被這浪給淹了，她舉起天秤，想要找到平衡點，但水怎能被秤，弄得天秤時高時低，也使得她喃喃不休：「這也太沒道理了。」

雙魚宮縱身跳入水裡，他可得意了，雙手枕頭的仰著身子隨波逐浪，又哼起異國風情的小調。

獅子宮扔了笨重的鳳翅鎏金钂，將身一蹦，躍過護城河，進到了大院內，張開大嘴就要噬人。

崔吹風坐在高閣上，食指一挑角弦，一股火燄逕奔獅子宮頭顱，他頸上鬃毛的水還沒乾，火又來了，繞著他的脖子燒成了一大圈。

音兒笑道：「喲，火燒獅子頭呢。」

雙魚宮匆忙從浪上跳入院中，用扇子去搧獅子宮頭上的火，卻把火搧得更大。

獅子宮大罵：「你怎麼愈幫愈忙？」

金牛宮早就不爽這次竟由獅子宮率隊出征，罵道：「虧你還是正印先鋒，這麼窩囊？看我的！」

金牛宮也跳入大院，正好迎上一肚子怒氣的霍鳴玉，二話不說，罈大的拳頭就朝他頭上砸落。

她於去年六月就曾經對付過形若巨牛的「蚩尤」眞身，對於鬥牛頗有經驗，金牛宮不敢用自己的牛角去鬥，振起混元鐵耙，上三下七的只顧亂耙。

燕行空與呂宗布都想上前幫忙，不知怎地竟撞在了一起。呂宗布原本就對燕行空懷有很深的成見，此刻更如火上澆油，一拳就打了過去，燕行空不得不招架，兩人混打成一團。

雙子宮一人長刀、一人短劍的殺了進來。

黎青、黎翠分從左右突出，十六根金針分射兩子雙眼。

被黎青射的那子道：「母獸兇惡！」

被黎翠射的另一子道：「母獸好漂亮！」

先一子怒道：「你就是愛跟我唱反調。」

後一子不解：「現在要唱曲兒？唱哪一闋？」

先一子道：「曲兒我不熟，還是聊聊平話吧。」

兩人東拉西扯，被黎青、黎翠的金針刺傷多處，仍無法專心對敵。

金牛宮瞥見雙魚宮一逕呆站在那兒，便疊聲催促：「你還不快動手？」

雙魚宮苦臉道：「對方人多的時候，我的扇子迷魂法便不管用，因為每個人腦海裡的浪漫畫面都不一樣。」

羅達禮與陶大器等菌人又在地底逡巡了一回，這時才從小洞裡鑽出。

陶大器驚道：「魔王怎麼攻進來了？」

羅達禮把腰肢一伸，轉瞬變成正常人類的尺寸，跑進屋內取出了女媧賜與的法寶，唸動咒語，把五色石祭在天上。

當年共工一頭撞倒「不周山」，使大地往東南傾斜。女媧鍊了三萬六千五百零一塊五色石，把天補好之後，還剩下了一塊，成為降妖伏魔的利器。

天秤宮剛剛脫出令人暈眩的大浪，平衡感還未恢復，五色石已打了下來，把她的頭打了個大包。

獅子宮剛剛滅了鬃毛上的火，兀自不停冒煙，五色石又打上了他的腦袋。

獅子宮痛得大叫：「退兵！退兵！」

五個魔王落荒而逃。

邢進財笑問眾菌人：「你們可探得了什麼虛實？」

陶大器道：「我們找到了一個比較脆弱的地方，也許能鑽入皇宮。」

呂宗布仍在與燕行空廝打，梅如是趕忙把他勸開。

霍鳴玉回復正常人的大小之後，胸口又極不舒服，虛弱的蹲在地下。

小紅豬山膏焦急萬分，繞著她的身子直打轉，嚷嚷道：「姐姐的病情愈來愈嚴重，怎生是好？」

霍連奇忙把她扶入屋內休息，羅達禮也想跟過來。

山膏攔在他面前，破口大罵：「你這王八羔子想幹什麼？」

原來羅、霍兩家本是世交，羅達禮與霍鳴玉從小便指腹爲婚，但羅達禮長大後竟成了個紈褲浮浪子弟，成天打混不說，還偷偷的跟霍連奇的三姨太勾搭成姦，東窗終究事發，婚約自然告吹。

羅達禮後來家道中落，吃了不少苦頭。他痛定思痛，洗心革面，並成爲女媧大神的弟子，但在霍家人眼裡，他仍是個超級惹人厭的傢伙。

羅達禮討了個沒趣，只得摸著鼻子走開。

山膏兀自罵個不休：「沒廉恥的賊！再敢靠過來，看我把你的屁股啃成芭蕉花！」

暗商毒計

魔羯宮冷靜的坐在龍椅裡望著五個大敗而回的魔王。「爲何落敗？自己檢討一下。」

獅子宮大聲道：「我本來可以把他們殺光的，但是他們用河水圍繞大院，使得我的鳳翅鎏金钂帶不進去……」

天秤宮忙附和：「沒錯沒錯，那水淹得我不知高低。」

魔羯宮冷笑：「所以是共音兒厲害？」

「不不不，」雙子宮的一子說。「有兩個用針的母獸，端的是扎手非常。」另一子撫著眼窩：「扎得可眞痛！」

「所以是黎青、黎翠厲害？」

「不不不，」雙魚宮說。「有個公獸坐在高臺上，琴一彈，什麼東西都著火了，我用扇子去搧都搧不熄。」

「所以是崔吹風厲害？」

「對對對！」五人齊答。「還有一個最後才來，他手裡有女媧的補天五色石，尤其是我們的剋星！」

魔羯宮沉吟著：「哼哼，羅達禮、崔吹風，嗯……」瞟了天蠍宮一眼。「我去方便一下。」

天蠍宮趁著大家不注意，悄悄跟著魔羯宮來到垂拱殿外。

魔羯宮道：「他們最厲害的就是羅、崔那兩隻。我們人多，可以派幾個敢死隊去，一個換一隻，甚至兩個換一隻，我們都還划得來。」

天蠍宮點頭道：「本該如此。」

「依你看，派誰呢？」

天蠍宮最不滿白羊宮，當然推舉他；魔羯宮最不喜雙子宮，於是就這麼定案了。

魔羯宮回到殿上，大聲道：「現在重新分派任務：白羊、雙子，你們兩個去暗殺崔吹風或羅達禮其中的任何一隻，任務完成後當算你們首功。」

雙魚宮自告奮勇：「崔吹風是個音樂獸，生性浪漫，應該很容易被迷魂。」

「既然如此，就再加你一個。」魔羯宮心中暗爽。「獅子、天蠍，你倆在城內殺戮還沒死的百姓，射手、金牛、巨蟹、天秤，你們四個去追莫奈何，決不能讓他飛到崑崙山。」

巨蟹宮很不想離開溫暖的窩，囁嚅著說：「我們都派出去了，這裡難道不需要有人防守？」

魔羯宮道：「現在皇城已不是重點，我一個人守就夠了。」

寶瓶宮抗議：「我咧？分派了半天，怎麼沒有我的任務？」

魔羯宮笑道：「就知道你不會混水摸魚。剛才內應又傳來消息，說那些菌人在地下找到了可以鑽入皇城的縫隙。你的觀察力最細微，所以需要你在宮內巡查。」

老實人攪鬼

眾魔王分頭離去後，處女宮走了進來。

魔羯宮冷諷道：「終於想通了？一件很簡單的事情被妳搞得這麼複雜。」

處女宮不理他，直接走到傻楞楞的趙恆面前：「這宮裡的機關怎麼樣才能打開？」

趙恆怔著不說話。

處女宮給了他一記耳光：「你倒是開口呀！」

趙恆稍微清醒過來：「皇城是在太祖建國的時候，請了一個墨家的大匠來建造的。」

「墨家那獸何名？」

「他叫作莫想通。不過，皇城的機關都裝設在外圍，以防外敵攻入，坤寧宮地下的密室是最後的避難所。」

「總樞紐在哪裡？」

「這個祕密只有莫想通知道。」

處女宮又刷他一耳光：「你騙鬼！外敵攻入的時候，還要把那莫想通找來啓動開關？」

趙恆傻笑：「對啊，莫想通就一直供養在『天章閣』內，今年已經九十五歲了。」

處女宮總算滿意了：「天章閣在哪裡？」

一旁的鮑辛、駱伯和等佞臣都爭相嚷嚷：「我可以帶路。」

處女宮不屑的瞅了他們一眼，瞥見「起居舍人」蘇透默默的窩在角落裡，長得一副老實模樣，便道：「你帶我去。」

蘇透暗罵「晦氣」，只得帶著處女宮走往宮城東側的天章閣，邊走邊想：「萬一被她抓住那什麼莫想通，皇后、皇子豈不都完了？」

東思西忖的想不出什麼辦法，人已來到天章閣前。

處女宮把門一推就進去了，但閣裡空無一人，只高高的掛著一幅布條，上寫：「蠢貨，老夫豈會坐以待斃？」

蘇透暗喜：「垂拱殿那邊鬧翻了天，莫老前輩當然早就溜了。」

處女宮氣得亂砸東西。

蘇透又想：「如果能把她帶出宮去，便可分散他們的實力。再者，小莫國師等人都在丐幫大院，我如果能乘機逃跑，便可去通風報信。」嘴上囁嚅著說：「我昨夜在開封府衙，曾聽府尹顧寒袖說起，有個諢名『大南瓜』的鎖匠，乃是莫家傳人，他應該知道莫想通老前輩躲到何處去了。」

「大南瓜在哪裡？」

「被關在開封府衙的監獄內。」

「走。」

兩人往宮城外行去。

蘇透沾沾自喜的暗想：「獄內的犯人應該早就放出去了，她只會白跑一趟。」

午時正

射手宮、金牛宮、巨蟹宮、天秤宮的飛行速度有快有慢，射手宮最快，金牛宮最拚命，天秤宮平平穩穩的保持著平衡感，巨蟹宮則一心只想回家，當然落在最後。

午時正，射手宮追上了莫奈何的飛車。

櫻桃妖這時已搞清楚莫奈何的傷是爲了救梅如是，正把他罵到臭頭：「爲了那個小賤人，你什麼事情都做得出來，自己的性命也不顧了。如果是我受了傷，你會這樣奮不顧身的救我嗎？」

「唉喲，又跟我瞎纏這些？」莫奈何專心的掌著舵。「妳只管幫我注意四周的狀況。」

櫻桃妖往後一看，大聲驚叫：「嘩！眞的有個半人半馬的傢伙追來了。」

莫奈何道：「那是射手宮，箭射得很準，我們得先發制人。妳來掌舵。」

莫奈何走到飛車尾部，唸動咒語，祭起了蓋天印。

這顆金印是金神「蓐收」以天下金屬的精英鍊成的法寶，滿蓄威靈，犀利無匹。

射手宮正想放箭，蓋天印已打了過來，滿天金光，令人目眩神搖，射手宮心頭一陣空茫，竟忘了抵擋招架。

幸虧金牛宮由後趕到，用混元鐵耙幫他擋掉了這一擊。

蓋天印在天上轉了一圈，又打將下來，這回則是朝著金牛宮的牛頭，嚇得他滾落地面，邊自大叫：「你還發什麼楞？」

射手宮收攝心神，魔箭連發，箭箭直逼飛車的掌舵者。

櫻桃妖大罵：「射你老娘怎地？」一陣心慌手亂，飛車失去控制，滴溜溜的往地面墜落。

千鈞一髮之際，莫奈何拉直飛車車身，恰正降落在夏國首府「興州」的城門內。

四魔亂夏國

城內居民一見到莫奈何就熱烈歡迎。「小莫國師又來了！」

三月間，他在趕赴崑崙山途中路經夏國，用他「赫連莫奈何天王」的權威制止了稱霸河西走廊的「歸義軍」吞併夏國的企圖，事後受封為夏國國師，夏國百姓自然對他愛戴有加。

「我們帶你去找文駙馬。」大家簇擁著他來到王宮後面的練箭場。

夏國人口不多，舉國皆兵，每一名丁壯每天都要練習射箭、摔角等武技。

文載道見了莫奈何，喜得大叫：「小莫，你又來看我啦！」

莫奈何嗐道：「中原出了大禍事，十二星宮魔王作亂，不但大宋即將亡國，全人類都會跟著遭殃。顧兄也被魔王抓走，生死未卜。」把十二星宮魔王的事情說了一遍。

文載道當年與顧寒袖並稱「江南二大才子」，彼此間的情誼深厚。後來他誤打誤撞的得到了后羿神弓，射下爲害高麗的九顆妖陽，並成爲夏國的駙馬爺。

他畢竟出生中原，十分掛念故土安危，急得團團轉。

只聽一個大嗓門的女子聲音嚷道：「小莫，我就知道你會來找我們！」

夏國公主、文載道之妻趙百合奔了過來，她是國主李德明的妹妹，嗓門比大喇叭還要大上幾分。他們於五月間一路從大遼至高麗，出生入死了無數次，彼此間的交情當然好到沒話說。

趙百合抓著莫奈何的手直撒嬌：「咱們好好敘敘。」

「沒時間了。」文載道回身進宮，取出了后羿神弓。「小莫，我跟你走一趟。」

就在這時，射手、金牛、巨蟹、天秤四個魔王已來到夏國上空。

夏國百姓兀自以爲他們是什麼神明，張開雙臂，表示敬拜之意。

金牛宮笑道：「大宋的軍隊還沒有組編完成，我們先在這裡大殺一頓再說。」

金牛宮當先衝下，也不用鐵耙，就用兩隻牛角撞入百姓群中，瞬即血肉橫飛。

巨蟹宮也棄了雙盾，張開兩隻巨螯見人就夾，天秤宮提著秤兒見人就秤，射手宮則樂得坐在城門樓上看戲。

莫奈何等人聽得騷動，跑來一看，氣得跳腳，莫奈何尤其歉疚。「夏國百姓何辜，竟遭此屠戮！」指著城門樓上的射手宮。「那個魔王的弓箭厲害，先把他射死。」

文載道舉目一望，射手宮雖然下半身是馬，但上半身可是人形，他便猶豫了。

他是個書生，從未有殺人的念頭，只一念及自己要殺人，他就想嘔吐，手腳顫抖，一點力氣都使不上，「顫抖神箭」的外號由此而得。

他找到后羿神弓之後，爲了解救高麗之厄，只射殺過馱著九面太陽鏡的九隻妖鳥，現在要他去射那個具有人形的魔王，他眞的開不了弓、出不了手。

莫奈何急道：「那是個魔王，不是人！」

文載道苦臉：「但還是個人的形狀啊。」

莫奈何無奈：「那你射別的吧。」

天秤宮是女人形狀，文載道更不敢射。巨蟹宮看見有人拿著弓箭站在高處，便舉起雙盾，把整個身體都藏在後面，並大聲警告：「小心有人要射箭！」

金牛宮狂笑：「人類的弓箭能把我怎麼樣？」再瞥著文載道手中擎著的那把弓，老舊腐朽，活像小孩子的玩具一般，更加笑得打跌。「那弓箭恐怕連隻青蛙都射不死。」

他這麼一發聲，就讓文載道瞅見一頭巨牛杵在那兒大言炎炎，良心的譴責便少了一些，穩穩的張弓搭箭，一箭射出。

同樣有若玩具的小箭射出之後，輕飄飄的、慢悠悠的、毫無殺傷力的朝金牛宮蹭過去。

「來呀來呀來呀！」金牛宮一邊笑，一邊挺直身軀，諒必這一箭只能替自己搔搔癢。

豈料那支慢吞吞的小箭愈到面前就變得愈巨大，最後竟變成了一根比攻城擂木還粗的尖頭大木樁，「通」地一聲巨響，把金牛宮的牛頭撞得連一片殘渣都沒剩下。

射手宮嚇壞了，掉頭就跑，邊自嚷嚷：「我的弓箭才是玩具！」

巨蟹宮、天秤宮也都喪膽尾隨，溜得不見蹤影。

逐客令

趙百合把莫奈何請入宮中，想替大家壓驚。

國主李德明聞訊趕來時可板著臉：「小莫國師，你縱有百功，也不抵這一過。」

莫奈何俯首道歉：「木不想降落在此，但是迫不得已……」

趙百合不悅的緊蹙眉頭：「哥，你沒聽小莫說嗎？魔王的最終目標是全世界，他們遲早還是會殺過來的。」

李德明的大兒子李元昊才只八歲，也高聲道：「大宋如果亡了，全國丁壯都被抓去當兵，這種部隊天下有誰能擋？下一個遭殃的就是夏國或大遼。」

李德明怒道：「小孩子懂些什麼？」

莫奈何不想引起夏國王族之間的爭執與百姓無辜被殺，忍住背上傷口的劇痛，忙道：

「國主自然要為百姓考量，我跟文駙馬即刻就走，並將那幾個魔王引開。」

趙百合抓住文載道的手哭了半天，縱有萬般不捨，也不能阻攔他拯救故土之心。

莫奈何的飛車飛走之後，興州居民才稍稍敢走出家門，看見一隻龐大的無頭金牛躺在地下，又樂了，堆起木柴來了頓烤全牛大宴。

滿街都是免費酒

開封城內的街道上躺滿了屍體，幾乎看不到一個活人。

偶有幾個騎兵哨探經過，搜尋還沒被殺的老弱婦孺，或還沒被抓的丁壯。

梳雲沿著大街小巷一路亂走，看見酒館便進去找酒喝，若是不爽口，就整罈砸了，反正店內都沒人照看，更不用付錢。

她來到原本最熱鬧、最有名的「遇仙正店」，這兒前有樓，後有臺，京城居民都謂之「臺上」。

如今偌大的大廳中空無一人，她大步走了進去，先在壁櫃上挑了五罈酒，然後坐下來細細品嘗。

「嗯，總算喝到一點像樣的烈酒了。」

她很滿意的伸開手腳，癱在座位上。獨自享有整個大廳、整座酒窖，讓她有王者的感覺。

但她發現角落中還坐著一個人，黃髮黃鬚，貌似胡人，脖子上有塊青黑色的胎記。

「喂，你怎麼沒被抓去當兵？」梳雲大剌剌的問。

「妳怎麼沒被殺掉？」胡人冷冷一笑。「妳這個引路者為何會把自己引到這裡來？」

梳雲一怔：「什麼引路者？」

胡人又一哂：「妳不是想進宮去跟他們會合嗎？」

梳雲心中一震，虎地起身，厲聲道：「你是誰？你怎麼知道我在想什麼？」

胡人的眼神詭異又陰森：「十二星宮魔王知道，我當然也知道。」

一聽見十二星宮魔王，梳雲的腦中就泛起無限煩躁：「什麼魔王？胡說八道一大堆。」

胡人冷冷逼視她：「妳已經被魔王控制了。」

「笑話，誰能控制我？」梳雲氣得摔酒罈，大吼：「沒有人能控制我！」

「妳想想，自從妳得到了那塊金剛石之後，所做出來的各種行為，對嗎？妳從前會做出這些事情嗎？僅只今天，開封城內就已經死了五、六十萬人，過不了多久，大宋境內就會死掉一千五百萬以上，這些人都是被妳害死的。」

梳雲的腦海裡翻湧起許多雜亂的畫面，如同電光也似炙刺她的腦神經，使得她頭痛欲裂。

胡人厲聲道：「妳已經不是妳自己，妳王梳雲在人世間已被除名了。」

「你胡說！你胡說！」

梳雲抱著頭，瘋狂衝出酒店大門。

胡人滿臉鬼笑，喃喃自語：「這事兒不如我預期，不過，嗨，倒也差不多，就這樣發展下去吧。」

暗殺

丐幫大院外不時有禁軍的哨探斥堠跑來窺視，如果護院的河水退去，便要大舉進攻。

邢進財擔心的走到音兒身邊：「妳的『水漫天』功力還能支撐多久？」

音兒的額頭已見汗珠，也無力嘮叨了：「半天左右吧。」

燕行空道：「雙方如此僵持，恐怕半個月都不會有結果，一旦軍隊攻入大院，百姓無一能夠倖免。」

刑飛道：「所以我們一定要反守爲攻，找出宮城的弱點所在。」

邢進財道：「羅公子與菌人在地下鑽洞，不知進度如何？」

刑飛道：「我們也得尋找自己的路。我想再去宮城外探勘一回，看能不能找到一點縫隙。」

率領了五名刑氏後裔出了大院，潛行至南面的宣德門外，看上去並無兵卒防守，只有一個羊首魚身、背生雙翅的大妖魔高坐於城門樓上。

「禁衛軍大概都已派出去掠殺百姓了。」刑飛判斷：「此魔必是首領。大家分頭再探，一炷香後，此地會合。」

言畢，刑飛便轉入一條小巷，又前進了幾百尺，密切觀察魔羯宮的動靜。

忽然一人掩到他身後，輕拍了一下他的肩膀。

刑飛回頭看見來人，開心一笑：「你怎麼也來了？」

話沒說完，那人手中的短刀已刺入他胸膛。

刑氏浩劫

一炷香後，另外幾個刑氏弟了來到會合地點，等了半天也不見刑飛蹤影。大家在附近搜尋了一遍，發現他已死在小巷裡，金斧銀盾拋在一旁。

悲痛不已的五名刑氏後裔把他的屍身扛回大院，刑氏子弟放聲大哭。

霍連奇畢竟經驗老到，仔細的看了看他的傷口：「這是平常的兵刃，決非魔王所爲，難道還有旁人在暗中幫助魔王？」

燕行空撿起金斧銀盾，狂吼一聲：「此仇不報，誓不爲人。刑氏子弟隨我來！」

邢進財想勸，卻哪裡勸得住？

燕行空率領三十多名刑氏子孫，一口氣奔到宣德門外：「魔王，有種下來決一死戰！」

魔羯宮冷笑：「好些不知死活的獸。」鼓動雙翅，湧身一跳，落在刑氏諸人面前。

燕行空一斧就砍了過去，刑氏後裔也一起攻上。

魔羯宮空著兩隻手，只用羊頭上的雙角對敵，亂拱亂頂，威勢也甚驚人。

燕行空的金斧銀盾是妖魔的剋星，一輪快斬，斧芒恍似金幕蓋頂，盾影宛似銀牆聳立，不斷壓縮對手的空間，非把敵人壓扁不可。

魔羯宮不敢被逼入絕境，振翅飛在空中：「你是崑崙大神刑天的後代？算你厲害。」一翻身，回到了城樓。

燕行空衝到城門前，一聲虎吼，金斧斬下，把厚重的城門門板砍得支離破碎，刑氏眾人一湧而入。

燕行空叫道：「先到大殿上去看看朝中情形如何？」

語猶未畢，一張漁網已從城門樓上兜頭籠罩下來。

原來這是魔羯宮引君入網的毒計，他的這張漁網是魔界至尊法寶，鋪天天昏、蓋地地暗，可憐刑氏後裔有二十多個被漁網罩住，化作一灘血水。

燕行空大驚後躍，回顧同行者，只剩十個不到。

魔羯宮在城樓上狂笑：「進來進來，統統進來，皇帝與文武百官都等著你們來救呢，快進來呀！」

刑氏子弟眼見不敵，都勸道：「刑空族長，逞勇無益，還是先退回去再做打算。」

燕行空只得率領餘眾敗退回人院。

邢進財暗中不滿，又不好說重話，只嘆了口氣道：「刑空，你太莽撞了。」

燕行空滿面悔恨羞慚，走往角落。呂宗布望著他的背影，表情複雜。

菌人浩劫

羅達禮帶著幾千個菌人在宮城地底尋找最脆弱之處。

菌人是女媧派在世間監督人類的密探，一萬年來在地下建築了極端複雜的工事，七千多萬里的通道四通八達，穿透整個中原地區，寬度分成八個等級，各處城鎮也分成八級，在開封地底的菌人總部是一座頂級城鎮，廣場上容得下幾百名正常人類。

幾十萬個菌人螞蟻似的花了好多功夫，終於找到了一個可以下手的地方。

陶大器得意道：「那個墨家的莫想通真厲害，把皇城地基造得這麼堅固，但百密終有一疏，還是逃不過我們菌人的法眼。」

羅達禮指揮大家架起一具由他發明的半自動鑿井機，這種機器日後叫作「頓鑽」，在當時可是最先進的機械，以獸力驅動，效率增加了十倍不止。

菌人們喚出幾萬隻小狐狸作爲動力，把頓鑽顛倒過來，向上開鑿。

這種小狐狸叫作「蜮」，古籍裡記載牠們能含沙射影，中者不死即病。其實牠們能噴出三種沙子，黑沙劇毒，褐沙迷魂，黃色的沙子進入人類的五官之後就能成爲聯結器，把人類的每一個思想傳回菌人的檔案室，由此評斷每一個人在世間的善惡。

三炷香後，終於鑿出了一個小洞，陶大器首先鑽出去看了看，正好在垂拱殿後，便回來通知大家：「魔王好像全都不在，我們可以進去探清宮內狀況。」

羅達禮與菌人們陸續爬上地面。

羅達禮可以隨意放大縮小，但他一無武功，二又無法攜帶女媧賜與的法寶，所以覺得還是縮得小小的比較不易被人發現。

大伙兒偷偷溜入殿內，只見趙恆呆呆的站在龍椅後面，文武百官都窩聚在角落裡，雖無人看管，仍忐忑得要命。

陶大器悄聲道：「皇帝還沒死，難道眞是他下的命令？也沒魔王在這裡，到底怎麼回事？」

「一定是被魔王迷住了，看能不能弄醒他？」羅達禮推斷。

一群小人上前圍在趙恆腳邊嚷著：「趙官家？趙官家？」

趙恆猛然回神。他曾經見過菌人，應該不足爲怪，但現在他的心智已被魔王控制，六親不認，遑論這些小人兒。

他臉上泛起獰笑，舉腳一踏，竟把當先的陶大器踩成了一小團肉泥。

菌人們大驚失色。

「陶大哥……」羅達禮跟陶大器的交情最好，抱著他的屍體泣不成聲。鮑辛又從後面趕至，一腳朝羅達禮踩下。

羅達禮已來不及放大，眼看著就要被踩扁，幸虧一群小狐狸衝過來，噴出褐沙，把趙恆與鮑辛等人都迷暈在地。

毛大腿切齒道：「這趙恆太可惡了，把他剁碎。」

牛大隻道：「都是魔王搞的鬼，帳要算在魔王頭上。」

背後突地傳來一陣笑語：「是啊，當然應該算在我們頭上。」

大伙兒一回頭，一個手捧瑪瑙水瓶的美少年已站在他們身後。

毛大腿、管大用、彭大奶、牛大隻、鄧大眼等人撲了過去，抱住他的腳就啃。小狐狸也猛噴含有劇毒的黑沙，但對魔王們來說，只如搔癢而已。

「唉喲，好癢！你們這些小東西不乖，該關起來好好教養。」寶瓶宮倒轉水瓶，瓶口對準毛大腿等人，「咻」地一聲，把他們全都吸了進去，眨眼化成一灘清水。

羅達禮心知己方萬萬不是對手，忙叫：「大家快退！」

幾千個小人跑往殿外的小洞，寶瓶宮在後追趕，又吸進了許多菌人與小狐貍。

僥倖躲入洞中的羅達禮清點人數，來時三千多，回時只剩五百不到。

他頹然抱頭痛哭：「老天眞的要滅亡我們嗎？」

火烤白羊

連番挫敗，使得丐幫大院內氣氛低迷。

形意門弟子幾乎全軍覆沒，刑氏子孫只餘下七、八個，能夠抗衡軍隊或魔王的人愈來愈少。

霍鳴玉的身體一直覺得不舒服，小紅豬山膏焦急的在她身邊轉來轉去，一下子叼毛巾、一下子送熱水，想盡各種方法照顧她。

霍連奇生怕牠把霍鳴玉的病情弄得更糟糕，趕牠走：「你上別處去遛達，這裡有我就好。」

山膏再怎麼愛罵人，也不敢罵「姐姐」的父親，只得倖倖然的走到外面。

滿院都是流浪貓狗，在山膏這種自以爲高一等的動物眼裡，當然羞與爲伍，牠踅了半天，無處可去，便登上高閣，坐在崖吹風身旁：「喂，小王八羔子，怎麼不彈琴給大家聽聽？」

崔吹風笑道：「你這小豬爲什麼嘴巴這麼壞？」

「生性如此，想改也改不了。」

「你會唱歌嗎？」

「唱你娘！」

「那你幹嘛要我奏曲兒？」

「就想找你麻煩唄。」山膏忽地壓低聲音。「我發現你對每個人都很和氣，唯獨對那燕行空不假辭色，莫非你倆有什麼過節？」

崔吹風苦笑道：「不說也罷。」

「說嘛說嘛說嘛。」

崔吹風的武器是琴，必須要端坐下來才能發揮最大的功用，因此邢進財不派他出去跟敵人對陣厮殺，只讓他留在大本營中負責防守。

老婆音兒在另一邊凝神施展「水漫天」，指揮河水繼續環繞大院院牆，這就令他更加無聊，閒坐在高閣上胡思亂想。

此刻既然有人找他聊天，他的嘴巴自然就順了開來：「去年我曾碰過那燕行空一次，他差點把我殺了。」

山膏一驚：「你的本領這麼強，他還殺得了你？」

崔吹風一笑：「那時我還只是一個單純的樂師，並不知道我身懷異能。」

「他爲何要殺你？」

「他是想斬殺一隻大雁妖，但那雁妖挾持住了我，他居然一點都不顧念無辜，『刷』地一斧就朝我頭上砍下，那時我心想：我死定了！結果卻虧那雁妖把我甩到一邊，才沒被砍掉腦袋。」

山膏笑道：「他那只是戰術應用，一個虛著而已，並不是眞的想殺你。」

崔吹風頗爲意外：「你這小豬講起話來倒像個武林高手。」

山膏得意非常：「那當然，我的老大比你們所有人都強多了！」沒等崔吹風追問，又壓低嗓門說道：「聽說那雁妖的兒子花月夜後來惹出了一場大亂，連黎青、黎翠兩姐妹都受了他的騙。」

「是嗎？」

崔吹風對這些恩怨情仇都不太了解，山膏便嗚哩哇啦的說了許多。

兩人正扯不完，白羊宮、雙子宮、雙魚宮已悄悄掩至大院外。

「就是那個彈琴的。」雙魚宮四下打量。「我先要找個地方把我的迷魂扇對準他才行。」

白羊宮眼見崔吹風一副文弱模樣，嗤道：「幹嘛那麼麻煩，我這長矛一出手，天下無人能擋。」

雙子宮猶豫著：「這樣好嗎？」

白羊宮道：「這方法最直接了當，最直接的方法當然就是最好的方法。」

雙子宮兀自舉棋不定：「你的毛病就是沒想清楚，就要動手。」

白羊宮不耐：「你的毛病就是想東想西，優柔寡斷。」

雙子宮眼望雙魚宮：「你怎麼說？」

雙魚宮乾咳一聲：「這麼困難的問題不要交給我解答。」

白羊宮不再理會他倆，直起身子，舉起手中的鑌鐵長矛就欲擲出，但雙子宮又疊聲道：「等等、等等、等等，再多想想……」

白羊宮被他這麼一弄，心頭的一盆熱水都冷了，便也開始考慮是不是該放棄？

坐在高閣上的山膏眼尖，瞥見牆外一頭大白羊舉著一根長矛逕自鼓搗，匆忙提醒崔吹風：「快看！那隻肥羊在幹什麼？」

崔吹風中指一撥徵弦，一股槍尖似的火燄直射而去，正好射在長矛尖上。

長矛頓時成了滾燙烙鐵，燙得白羊宮拋矛搓手，咩咩大叫，轉身想逃。

崔吹風再雙手齊撥，一蓬大火兜頭罩了過去，把白羊宮炸成了一塊大羊排。

雙子宮、雙魚宮抱頭逃出老遠，雙子宮的一子才嘆道：「唉，我就說要多想想，他偏不多想想。」

雙魚宮沮喪的說：「你不潑他冷水，他早就把那小子射穿了。」

雙子宮的另一子怒道：「那你爲什麼不早拿定主意？」

雙魚宮的兩條魚尾巴畏縮成一團：「爲什麼要我做決定？太強人所難了。」

兩人在丐幫大院的附近找到了一座高樓，推開窗子，正好面對崔吹風。

雙魚宮把迷魂扇打開，架在窗臺上：「他心裡最深的糾結是什麼，就會漸漸反映出來。」

火琴弦崩

崔吹風是火神祝融的子孫，可一直不曉得自己的身世背景。幼時他的父親教他彈琴，父子倆的感情在音樂聲中培養得厚實綿長，但他十歲那年，父親突然失蹤，至今音信全無。現在他已成爲大瞿越國的駙馬，回開封來接母親去享福，而父親呢？一直是他心中最大的遺憾。

他想著想著，卻就看見父親從外面的大街上走來，笑著朝自己招手。

「爹？」他腦中一陣迷糊，步下高閣，朝大院牆邊跑了過去。

山膏見勢不對，大叫：「喂，你幹什麼？魔王一跳就跳進來了，你不要太靠近院牆。」

邢進財聽得警示，急忙趕過來，但爲時已晚。

躲在院牆後的雙子宮猛地縱起，越過護院的水幕，短劍瞬間刺入崔吹風胸口。

崔吹風並未覺得痛，腦中兀自迴響著父親教給他的所有樂曲，面帶微笑的倒了下去。

雙子宮的另一子長刀緊接著砍下，邢進財金算盤出手，擋下了這一擊。

音兒正在另一邊運功，見此情形，心神俱喪，大叫一聲：「崔郎！」雙手一揮，把護院的河水激成起兩股水箭，直射雙子宮的兩顆頭顱。

雙子宮的一子道：「來勢兇猛，快退爲妙。」

另一子道：「不過是水而已，怕什麼？」

兩人同時一低頭，避過了水箭，並將邢進財逼退十幾步。

羅達禮恰在此時逃回人院，趕忙跑入屋內取出女媧的五色石，祭在空中。

持長刀的一子看見羅達禮：「那就是另外一個最厲害的角色，順便把他也殺了。」

持短劍的一子道：「殺一個夠了，何必這麼貪心？」

兩人一個往前、一個往後，互相拖住了腳步。

黎青、黎翠雙騎併出，十六根金針射瞎了雙子宮的四隻眼睛。

音兒的水箭再度射來，把手持長刀的一子刺了個顱骨洞穿。

持短劍的一子嗐道：「你就是不聽我的，死了活該！」

話沒說完就被五色石打在頭上，也做了個碎頭鬼。

雙魚宮在對面的高樓上看見這一幕，慌忙收了扇子逃之夭夭。

音兒奔來撲在崔吹風身上：「崔郎？你怎麼了？你快坐起來，你快跟我說個話兒，崔郎？」

崔吹風已因失血過多而亡，音兒哭得死去活來，邢進財等人亦痛心疾首。

護院的水牆已退，幸好這時沒有禁軍攻來，否則不堪設想。

羅達禮跌足道：「魔王早已洞悉我們的行動，所以我們之中可能隱藏著魔王的臥底奸細，刑氏與形意門的折損都是他所爲。」

邢進財皺眉道：「大家都在院內，情報怎麼傳得出去？」

驀地裡，大院後方豎起了一根旗杆，上面掛著一顆人頭，竟是大遼「楚國王」耶律隆祐的腦袋。

眾人奔過去，並未看見立杆之人。

羅達禮失聲：「這等於是大宋向大遼宣戰，天下糜爛之局已定。」

黎青冷哼：「如此看來，大院內確實有魔王派來的臥底。」

但此人會是誰呢？

櫻桃劫

莫奈何的飛車離了夏國，來到百惡谷上空，此處是崑崙山大神「西王母」拘禁天下細菌病毒的地方，本由第三百零五代的徒弟黎青、黎翠兩姐妹當家，後來她倆被一個名叫花月夜的雁妖所騙，以至流落人世，還差點被西王母殺掉。

現任的谷主薛家糖算是她們的師弟，一肩扛起了管理瘟疫災癘的重任。

莫奈何降下飛車。「這薛家糖是個好幫手，他若能撐著女媧寶傘隱形飛入宮內，便還有擊垮魔王的希望。」

百惡谷的總壇只是一棟簡陋的小木屋，一名灰白亂髮蓬鬆、臉上刻著幾十條刀疤的老頭兒正在屋裡煎熬草藥，他的眼睛活像兩隻生了鏽的鉤子，眼白混濁，瞳仁尖利，掃人一眼就能勾走魂魄似的。

文載道曾經來過百惡谷，知道谷主都會戴著一張鎮壓細菌的醜惡面具，但此刻仍免不了被他那副尊容嚇得腿軟。

莫奈何笑道：「糖糖兄，近來可好？」

薛家糖轉過頭，取下面具，居然是個白白嫩嫩的大後生，說起話來更有些大姑娘的嬌滴：「好什麼？人家快悶死啦。」

他從小被同伴謔稱為「娘娘腔」，如今雖已成了身懷絕技的頂尖高手，仍改不了舊日習慣。

莫奈何道：「人類快要毀滅了，需要你的幫忙，你快跟我們走一趟東京。」

薛家糖一怔：「去東京？我可不能擅自離開百惡谷。」

西王母掌管瘟疫災癘、五刑殘殺，性情極爲偏暴，不容任何人違抗自己的命令，黎青、黎翠兩姐妹就差點遭她毒手，薛家糖繼任谷主之後，自不敢有絲毫懈怠。

櫻桃妖哼道：「這小子本來就沒出息，想要他幫忙，除非天塌下來。」

她從前跟薛家糖有些過節，看著他就不爽。

一隻紅頭綠身黑眼的小鳥兒飛了過來，罵道：「小妖怪，這兒豈是妳撒野的地方？」

西王母座前有三大密探——大鵹、少鵹、青鳥，其中以青鳥的體型最嬌小，但鬼主意最多，所以西王母把牠留在百惡谷監督薛家糖。

輕手輕腳的薛家糖與小鳥兒相處得頗爲融洽，讓青鳥把告密的任務都忘光了。

櫻桃妖哼道：「你別以爲妳是西王母面前的紅人，扛著她的招牌來壓我。你要知道幾個月前，她還收了我當乾女兒呢。」

青鳥咭咭大笑：「她是想把妳種在崑崙山上，讓她將來有又大又圓的櫻桃可吃。」

櫻桃妖被揭了瘡疤，怒火陡升，捲起袖子就想跟青鳥廝打。

莫奈何罵道：「妳在這兒添什麼亂？成事不足敗事有餘，快站出去，我們有正經事情討論。」

櫻桃妖負氣走出木屋，不停嘀咕：「死小莫，只會顧著那梅小賤人，從來都不挺我，我何必還要幫他的忙？人類死光了最好！」

正忿忿難平，忽見一隻大螃蟹爬到了飛車上，用兩隻大鉗子夾住主帆桅桿，想將它折斷。

原來巨蟹宮、射手宮、天秤宮已綴在他們後頭悄悄掩至。

櫻桃妖本可大聲呼喚木屋內的人出來禦敵，但想起剛剛才被罵「成事不足敗事有餘」，便自心忖：「且讓小莫看看我的厲害。」

她已練成三種化身——電昏天下所有少年的清純少女，迷昏天下所有色狼的妖嬈少婦，與打昏天下所有拳手的粗壯大娘。

此刻她把腰一拱，身如寺廟大鐘，臂若祠堂木柱，腿像牌坊石墩，煞是威武駭人。

她大步搶上前去，一拳擊在巨蟹宮的右螯上，硬生生的把那大鉗子打斷了。

櫻桃妖把那大螯抓在手中，得意大笑：「今年的中秋節可有得浪漫啦，持螯對菊、啖蟹賞月，小莫說不定就會向我求婚了呢。」

背後一個嬌滴滴的聲音哼道：「這麼兇惡的婆娘，非得秤一秤不可。」

櫻桃妖未及回身，已被天秤宮放在了大秤上，一秤之下，大聲驚呼：「好大個櫻桃，竟有兩百一十七斤半！」

櫻桃妖被那秤困住，逃脫不了，精魄迅速消融，七千多年的修行瞬間化爲烏有。

天秤宮兀自不滿意：「這非得平衡一下不可。」

木屋內，薛家糖發現莫奈何背上的傷勢不輕，正在幫他敷藥療傷，此時聽見外面吵嚷，都趕出來一看，櫻桃妖已奄奄一息。

莫奈何震驚之餘，祭起蓋天印就打。

天秤宮一心想取得平衡，金印已落了下來，將天秤敲得粉碎，櫻桃妖掉在地下。

薛家糖眼見三個怪模怪樣的魔王闖進谷中，顯是自己有虧職守，嫩聲喝道：「你們把人家當成什麼了？快滾出去！」

射手宮爆笑：「這個娘娘腔想幹什麼？」

薛家糖把背一弓，長出了一對翅膀，嘴巴也猛地變得又長又尖。原來他曾經被雁妖花月夜強迫灌入妖性，成了半人半鳥的怪物，一旦妖性發作，神魔都擋不住，嗓音也變粗了：「媽的個爸子，看老子宰了你們！」

一展雙翅，橫空而過，直撲天秤宮。

天秤宮的大秤已毀，沒得招架，被薛家糖一喙啄在頭上，腦袋都被貫穿了。

巨蟹宮嚇得一縮脖子。「這娘娘腔厲害！」轉身想逃，薛家糖又撲了過來。

巨蟹宮舉起殘餘的左螯一擋，早被怪鳥叼在嘴裡，並將他整個身體都帶上了半空中。

射手宮忙不迭開弓搭箭。

文載道在旁覷得眞切，早已準備妥當，正想發箭射向射手宮，但見他上半身是個人形，仍然出不了手。

射手宮反而得了空檔，一箭射出，正中薛家糖胸脯，登即頹然墜落，巨蟹宮亦掉在地下。

青鳥絕叫：「糖糖！」

飛過去一看，薛家糖已沒了氣兒。

射手宮「答答答」的踏著馬蹄，得意非常：「我最喜歡射大雁了。」

沒防著莫奈何的蓋天印已打過來，虧得他手腳敏健，險險躲過，夾著馬尾就逃。

巨蟹宮沒這等反應，又只剩一螯，防衛的能力少了一半，讓他非常沒有安全感，只顧划動八隻短腳拚命橫移，但偏偏腿又太笨，跑不快，早被蓋天印砸在蟹殼上，「梆」地一聲，蟹黃流了滿地。

青鳥悲憤的飛到文載道面前大罵：「你這個廢物，為什麼不出箭，我的糖糖都是被你害死的！」

文載道雙手抱頭，懊惱得不得了。

莫奈何則奔向櫻桃妖，她已現出六寸大的眞身，豔紅色的軀體變得慘白。

莫奈何顫抖著手掌將她捧起：「櫻桃，妳還好吧？妳撐著點，我願意把所有的元陽給妳，只求妳能活過來！」

櫻桃妖露出最後一絲微笑：「聽你這麼說，我死也甘心了……」

一語未畢，已變成了一具小小的乾屍。

未時正

丐幫大院中，眾人爲了誰是魔王的臥底而大傷腦筋，連霍鳴玉都被驚動，抱病而起。

山膏跑到每個人的腳邊直嗅。

芝麻李笑道：「你是豬，又不是狗，做張做致的給誰看？」

山膏怒道：「你本來就是個妖怪，所以你的嫌疑最大。」

芝麻李氣得跳腳：「我有這麼大的本領就好了。」

邢進財陰森森的說：「既是魔王的內應，當然心狠手辣，並且隱藏得很好，難以用常理判斷，所以我建議用消除法來抓出此人。」

「消除法？」眾人一陣迷糊。「什麼叫作消除法？」

「把最沒嫌疑的人一個一個的消除掉，剩下的那一個就是內奸。」

芝麻李囔囔：「滿院子都是人，這要消到什麼時候？」

「先不去管那些尋常的老百姓，臥底之人就藏在我們之中。」邢進財冷冷的掃視眾人。「我認爲最沒有嫌疑的就是梅如是姑娘。」

這一點，大家當然都同意。

梅如是幽幽道：「你應該先提崔夫人才對。」

崔吹風剛剛才壯烈成仁，音兒自是決無嫌疑。

山膏囔囔：「我姐姐霍鳴玉早上爲了打魔王，弄得身體不舒服，都躺在屋子裡，當然該被消除。」

邢進財點頭道：「形意門犧牲殆盡，誰敢說他們暗通魔王，我就跟他拚命。」

羅達禮道：「黎青、黎翠姐妹是崑崙山大神『犂䰾之尸』的女兒，當然不可能跟魔王沆瀣一氣。」

山膏笑道：「黎翠姐姐當然不可能，但黎青姐姐就很難說了，她那麼愛吃甜食，魔王用幾塊鳳梨酥就可以把她買通。」

黎青的身軀像個大西瓜，生起氣來，一張臉更脹得像一顆毬，她一腳就朝山膏踢了過去。「我不但愛吃甜的，更愛吃烤乳豬。」

山膏大叫：「惡婆娘殺人啦！」

黎青冷哼道：「有沒有人想過，小豬才是最佳的臥底，因爲牠蠢到沒人會懷疑牠。」

芝痲李道：「好啦好啦，消除到了現在，還剩下誰？要是我，我就懷疑那個姓羅的，當年他醜事幹盡，品性極爲惡劣，是魔王最喜歡的人選。」

他又提起陳年舊事，弄得羅達禮與霍氏父女好不尷尬。

霍連奇乾咳道：「此事休再提起。」

芝痲李冷笑：「他偷了你的姨太太，還想娶你女兒，你居然還幫他說話？好大度量嘛。」

霍鳴玉怒喝：「你這妖怪，不要挑撥離間。」

菌人們也紛紛大罵：「羅公子剛才差點被魔王所殺，你竟然還懷疑他？」

黎青、黎翠亦同聲道：「羅公子從前雖然不檢點，但現如今急公好義，已有大俠風範。」

今年三月間，羅達禮曾經與黎翠勇闖「靖人島」，救出了她的父親犁䰡之尸。又一同大鬧地獄十殿，救出了吊在油鍋上的黎青，她姐妹倆自然對於羅達禮心存感激。

山膏哼道：「妳們別是愛上他了吧？很危險的哩，難保他又去勾搭妳們的閨蜜。」

羅達禮又難堪非常，黎青則氣得追著山膏滿院亂跑。

燕行空欵道：「大伙兒別亂，還剩呂大俠，有我擔保。」

呂宗布怒道：「你別裝腔做勢，我要你擔保什麼？」

燕行空苦笑：「唉，眞是好人難做。」

芝麻李又在旁風言風語：「那個高麗公主梳雲是魔王的引路者，強要小莫把寶盒送進宮內，惹出了天翻地覆的大禍，這姓呂的難道跟她不是一伙？」

呂宗布怒火陡漲，想跟芝麻李拚命，邢進財橫身攔住，一邊冷冷說道：「在我看來，現在只剩一人來路不明。」

慢步踱到燕行空身邊：「刑空，去年三月你在陰陽斷崖上與魔尸一起摔下萬丈深谷，即使是神仙也沒救了，如今在魔王侵擾之時突然出現，不能不啓人疑竇。」

眾人大出意料：「邢大掌櫃，你怎麼會懷疑燕大俠呢？他是你們一族的人啊。」

邢進財的神情近乎冷酷：「我的懷疑不是沒有道理。刑空從前都叫我『財叔』，可他這次出現，卻叫我『大叔』。」

眾人都道：「僅因他對你的稱呼不同？這也太不成憑據了。」

邢進財兀自堅持：「他沒有頭、沒有臉可認，誰知他到底是眞是假？」

芝麻李皺眉道：「你也沒有頭、沒有臉，誰知你是眞是假？」

刑氏子孫平常都戴著陶製頭顱，眞正的面貌如何，並無人知曉。

邢進財虎地扯開前襟，露出長在胸膛與肚皮上的臉，燕行空只得也露出自己的臉。

此舉實屬多餘，因爲他倆肚子上的臉，都長得差不多。

山膏唉道：「你們這些不長腦袋的眞麻煩，認不出哪個是哪個。」

梅如是道：「上午燕大哥力退捧日軍，大家都看見了，他怎會是魔王的同路人？」

邢進財呸道：「那有什麼了不起，做個樣子給大家看罷了，後來他逞匹夫之勇率領刑氏子弟進攻宣德門，結果死傷慘重，這就不是刑空一向的作爲。」

黎青冷冷的開腔了：「以我的看法，所有人之中沒跟魔王拚殺的就只有邢大掌櫃一人而已，你們說，該懷疑的是誰？」

芝麻李一拍巴掌：「著啊！這個邢進財愛財如命，最容易被人收買。」

音兒在旁聽了許久，早已按捺不住。

去年她因爲著迷於崔吹風的音樂，在進財大酒樓當了九個多月的洗碗工，因此邢進財也就當了她九個多月的老闆。人世間的定律之一是——沒有不討厭老闆的員工。

此刻新仇舊怨齊上心頭，音兒伸出雙手就想用「水漫天」的水箭去射邢進財。

梅如是、黎翠忙攔下。「總得要弄個分明才行。」

其餘諸人依舊吵成一團，難以分解。

獄中慘劇

蘇透很快就發現處女宮的方向感極差，便帶著她繞了不少遠路。一個時辰之後，處女宮終於發現自己被耍了，她倒也沒動氣，只悠悠的說：「我這個人非常精細，最喜歡在殺獸的時候把他們弄得細細的、一片一片的，每一片的大小都完全一樣。你想不想嘗嘗這種滋味？」

蘇透聽得頭皮發麻，只得直奔開封府衙，進入左側的監獄，沒想到關押在裡面的犯人居然都沒被放出來。

他們根本不知外面發生了什麼事，全都拉著鐵柵叫嚷：「爲什麼還不放飯啊？未時都已經快過半了。餓死了，放飯啊！」

處女宮笑道：「獸兒們別吵，馬上餵你們吃飼料。」回頭問蘇透：「哪一隻是大南瓜？」

蘇透忐忑的把她帶到關押大南瓜的牢房前。

處女宮伸手一指，大南瓜的鐐銬自落，牢門自開。「出來吧，跟我走。」

其餘犯人又聒噪：「把我們也放出去！」

處女宮輕賤的掃了他們一眼：「你們有何用處？」

纖纖玉手一揮，幾十個犯人的心臟都不見了。

蘇透驚悸之餘，心中無限歉疚。「抱歉，是我把你們害死了。」

迷幻樓梯

大南瓜領著處女宮、蘇透來到一條小巷中的一棟小屋，面寬不過五尺。

「這裡就是墨家在東京的總壇。」

「這麼小一間？所謂墨家不過如此。」處女宮蔑哼。「你的伯祖莫想通會躲來這裡嗎？」

「我不曉得。莫仇巧大伯住在裡面，只有他才知道想通伯祖的下落。」

三人進入大約四十尺見方的斗室。墨子的畫像高掛在中央，恍若正凝視著這一切。

「你的大伯在哪兒？」

大南瓜往上一指：「他住在小閣樓裡。」

角落有一道狹窄的樓梯，大南瓜帶著他們往上爬，處女宮居中，蘇透最後。

樓梯的構造是每九級就有一折，時而向左、時而向右，三人一級又一級、一折又一折的爬了半天，竟似沒有盡頭。

蘇透心忖：「這屋子從外面看很小，裡面卻大得出奇，墨家巧匠建造出來的東西果然有神鬼莫測之機。」

沒有方向感的處女宮開始暈頭轉向。「這樓梯爲什麼要建得這麼轉來轉去？」又道：「從外面看，這屋子沒有這麼高啊？」

大南瓜笑道：「這屋子不高。」

「那爲什麼要往上爬這麼久？」

「我們沒在往上爬，而是往下走。大伯的閣樓建在地底下。」

處女宮狐疑止步：「我們正在往下走？」

「沒錯，往下走。」

處女宮伸手握住大南瓜的脖子：「你若敢騙我，就別想活著走出這屋子！」

大南瓜笑道：「妳若敢殺我，也別想活著走出這屋子。」

處女宮忍住怒氣，回頭吩咐跟在最後面的蘇透：「我們下去，你先走。」

不料她一回頭竟沒看見蘇透。

蘇透已站在了最上方，一臉迷糊。「怎麼搞的？我在這兒呢。」

「你……」處女宮又轉回身來想掐大南瓜的脖子，大南瓜可已到了最下方。「我在這兒呢。」

處女宮楞在了樓梯上，半晌才冷笑道：「你以爲這種小小的幻術就能困住我？」

「這不是幻術，而是墨家的機關。」大南瓜嘻皮笑臉。「見識到奧妙了吧？」

一向謹慎的處女宮在盛怒之下，也會有不顧一切的行爲，她一掌朝大南瓜劈過去，但聞一聲響亮，只打碎了一面鏡子。

再飛快回身，大南瓜、蘇透都已不見了。

梅如是赴義

大南瓜領著蘇透逃出小屋，一邊責備著：「你爲什麼帶她來找我？」

蘇透把自己本來的意思說了一遍，大南瓜也不欲深究。「現在要怎麼辦？」

「聽說各路英雄都聚集在丐幫大院，我們可以趕去那兒，把宮內、宮外的情勢告訴給他們知曉。」

他倆來到大院，邢進財等人還在爲了魔王內應之事鬧得不可開交，所以音兒的水牆已撤，他們很容易的就進入院中。

蘇透想找個人說明狀況，但根本沒人理他。

梅如是不願捲入紛爭，閒在一旁沒事可幹，蘇透因爲顧寒袖的關係，見過她幾次，便上前跟她說起處女宮想要得到坤寧宮的密室機關樞紐之事。

「那個女魔頭執意要殺皇后與剛出生的皇子，現在已經被困在墨門總壇裡，但不知還能困住她多久？」

梅如是凝目：「你說那魔王是處女宮？」

「沒錯。她心狠手辣起來，一百個潑婦都比不上。」

梅如是想了想，回身入屋取出了兩柄寶劍：「我們走。」

大南瓜見她貌似弱不禁風，懷疑的說：「妳行嗎？」

「據我所知，妖魔都怕寶刀寶劍。」梅如是淡淡道。「我還要順便去探聽表哥顧寒袖的下落。蘇舍人，你手無縛雞之力，就別去了。」

梅如是跟著大南瓜來到墨家總壇外，猛可想起一事：「我的方向感也很差，進去之後，不一定能找到她。」

大南瓜笑道：「這很簡單，樓梯間的木板應該都被她打碎了，現在都是鏡子，但鏡子分兩種，妳若看見自己變瘦了就往右拐，看見自己變胖了就往左拐，出來時也是一樣。」

當處女宮碰到處女宮

處女宮在鏡子構成的樓梯間內衝來撞去，鏡中的形影一下瘦、一下胖，讓她很受不了，而且鏡面對映著鏡面，每一面鏡子裡都有成千上萬個自己。

她揮掌亂劈，鏡子都是銅鑄的，讓她費了不少力氣，好不容易打碎了一面鏡子，後面卻又是一面鏡子。碎碎的鏡子反映出更多破碎的影像，這使得一向要求完美的她憤怒萬分，逐漸瀕臨崩潰的邊緣。

忽然，一名寒梅般的少女從樓梯下面走了上來，人還未至，先帶來一股撲鼻清香。

處女宮冷哼道：「好一隻母獸，妳也是墨家子弟嗎？」

「我不是。」

「妳來做什？」

「我的好朋友小莫道長研究過太陽曆，他說我是處女宮，所以我想來看看我的本命星宮是何模樣？」

處女宮淡淡一笑：「妳滿意了嗎？」

梅如是也淡淡一笑：「不過爾爾。」

處女宮笑得比較開懷了：「妳看著就是個處女宮的獸，妳是來幫我出去的嗎？」

「當然也不是。」梅如是正色道。「他們說妳執意要殺皇后與皇子，這是爲了什麼？整座皇宮都被你們占據了，妳又何必這般趕盡殺絕？」

「因爲我這件事做得不乾淨。」處女宮絕美的臉龐上浮現懊惱的神情。「我做事，從來不會不乾淨。」

「我也是這樣。」梅如是頗有同感。

「咱們打開天窗說亮話，妳到底想幹什麼？」

「我想殺妳。」

處女宮又笑了：「就憑妳？」

「我憑這個。」

梅如是取出隨身攜帶的兩柄寶劍。

處女宮的美目睜大了：「好劍！可否借我一觀？」

梅如是二話不說，先把其中一柄遞了過去。

處女宮拔劍出鞘，「嗆」地一聲，一溜烏光並不顯鋒銳的慢慢濡染開來。

「眞是好劍！」處女宮驚嘆連連：「此劍何名？」

「名爲湛盧。」

「湛盧？什麼意思啊？」處女宮不恥下問。「你們的文理，我搞不太懂。」

「湛是清澈明亮且厚重，盧是黑，就是說這是一柄亮得很完美的黑劍。」

「是誰鍛鑄出來的？」處女宮仰慕的說。「我一定要去殺了他。」

梅如是一笑：「這位大師早就已經死了，他名叫歐冶子。一千五百年前，他在山中設爐鑄劍，赤堇之山，破而出錫；若耶之溪，涸而出銅；雨師灑掃，雷公擊橐，蛟龍捧爐，天帝裝炭。他乃因天之精神，悉其技巧，三年後而劍成，共鑄大劍三、小劍二——湛盧、純鈞、勝邪、魚腸、巨闕。五劍鑄成之時，精光貫天，日月鬥耀，星斗避怒，鬼神悲號……」

「單說這湛盧有何妙處？」

「湛盧乃五金之英，太陽之精，寄氣託靈，出之有神，服之有威，但人主君王若有逆理之謀，它便會自行離去，改投明君。」

「哦？這麼神奇？」處女宮愈聽興趣愈濃厚。「妳是怎樣得到它的？」

梅如是臉上泛起一朵紅暈：「它屬於我今生唯一心儀的男子。」

「哦？他既擁有此劍，又擁有妳的心，必定是一隻上好的公獸。」處女宮頗爲心動。

「他叫什麼名字？我一定要殺了他。」

「他名叫項宗羽，本是中原武林最著名的劍客之一。」梅如是黯然。「但他也已經死了。」

「唉，厲害的獸不長命。」處女宮大嘆一口氣，握住梅如是的手。「妳一定很傷心。」

提起這件往事，梅如是悲從中來，低頭飲泣。

「來，咱們坐下，好好聊聊。」

兩人併肩坐在樓梯上，宛若一對閨蜜。

「告訴我，你們獸與獸間的愛情是什麼樣子的？」

「就好像……心上有一根線，老是牽在他身上。」

「唉，有這樣的滋味眞不錯。」處女宮滿面嚮往。「我何時才能體驗一下這種滋味？」

梅如是好奇：「難道你們魔王之間沒有愛情？」

處女宮哼道：「那十一個臭東西，我沒一個看得上眼。跟他們一起被關在那盒子裡一萬多年，我都快發瘋了。」

「妳被禁閉了一萬多年，也眞夠可憐的了。」梅如是慨嘆。「但爲什麼出來就要屠殺人類呢？」

「因爲你們這些獸看起來很討厭。」處女宮不耐的一揮手。「別說這些無趣的，再多講講妳們的愛情。」

梅如是低頭淺笑：「就是一種感覺，沒什麼好說的。」

「妳不會很容易的愛上一隻公獸，他有什麼優點？」

梅如是想了半天：「我也說不清楚……」

處女宮又問：「他對妳特別好嗎？」

梅如是搖頭：「沒有。」

「他會爲妳茶不思、飯不想嗎？」

「不會。」

「他曾經不顧一切的救過妳嗎？」

「沒有。但我相信他一定會這麼做。」

「有人曾經這麼做過嗎？」

「呃……有。」

雖然話題的焦點是項宗羽，但不知怎地，處女宮的每一句話都讓梅如是想起了莫奈何。他數度不顧一切的保護自己，上午還被亂兵刺了一矛，尚自忍著傷痛去搬救兵，現在生死未卜，一念及此，止不住憂焚似火。

處女宮慨然一嘆：「沒有經歷過生死患難的愛情都不偉大。」又繼續逼問：「妳有對那項宗羽表白過妳的心意嗎？」

「沒有。他只當我是個好朋友。」

「唉，要處女宮表白心意，確實有點難。」處女宮當然深知這種個性的底蘊。

梅如是忽又想起，莫奈何也是處女宮。去年十月，他倆一起被困在敦煌的莫高窟內，莫奈何在一片黑暗中大聲向她表達了愛慕的心意。

「小莫哥喊出那句話，也應該有點難吧？」梅如是想起那一幕，心上竟不由一甜。

兩人出了洞之後，她就一直避開他，莫奈何偶爾碰見她更是尷尬得手腳都沒處放。

「小莫哥也眞是……」心中這麼想著，臉上自然泛起笑意。

「妳想起了誰？讓妳笑成這樣？」

梅如是忙搖頭：「我們快回歸正題，我可是來殺妳的。」

「妳另外的那柄劍是什麼？」

「是我自己鑄的。」

梅如是又把另一柄劍遞給了她。

「妳居然會鑄劍？」處女宮十分驚奇，繼而用力點頭。「這就是了。」

梅如是不明其意：「是了什麼？」

處女宮笑道：「妳是鑄劍師，當然會愛上擅於用劍之人，但他不一定是妳應該愛上的人。」

梅如是不禁微微一震。

「處女宮鑄出來的劍一定是最高級的。」處女宮將劍拔出來一看，讚不絕口：「妳這劍不輸湛盧！」

梅如是臉上一紅，愧不敢當：「我怎能媲美大師。」

「妳有給它取名嗎？」

「此劍曾經驚動大宋皇帝，所以名曰『驚駕』。」

處女宮皺眉：「什麼怪名字？」

「是小莫哥取的。」

「又是那小莫道長？」處女宮一笑。「他才是妳的情人吧？」

梅如是心頭又彈簧般的一跳，乾咳兩聲，不說話。

處女宮把兩柄劍都還給了她。「好啦，妳想用哪一把來殺我？」不等梅如是回答，自己便先說道：「妳一定想要看看自己鑄的劍利不利，所以絕對不會用湛盧。」

梅如是點頭：「正是如此。」

處女宮笑道：「妳要曉得，我是由處女星座的八千億條光束構成的，妳的劍殺得了我嗎？」

「我的劍，光束也斬得斷。」梅如是傲然。

「好吧，我們就來試試。」處女宮拍了拍她的手背。「妳是我看得順眼的獸，我就成全妳的心願。」

被處女宮看順眼的人，總會獲得特殊待遇。

「妳若一劍殺不死我，妳就得死。」

「那是當然。」

處女宮站起身子，一提氣，整個身體就化作了一團光，並往上面跨了一級。「來吧。」

梅如是這一年多來遭遇過不少妖怪，知道妖魔的精魄都凝聚於雙眼。她定睛觀察，發現那一團光中，有兩個特別明亮的點，應就是處女宮的雙眼部位。

但處女宮起身時向上跨了一級，這麼一個隨意的小動作，其實已占盡了便宜，因為如此一來，梅如是的劍只能斬到她的胸部以下，她就贏定了。

可她忘了一點，這裡是墨家的總壇，布滿了機關，梅如是進來之前，大南瓜已告訴她許多啓閉機關的祕訣。

梅如是右手將劍耍了個擾人耳目的劍花，左手迅速的在一個機紐上一按，她所站立的那一級樓梯便倏然升起，變得比處女宮還高。

在處女宮猝不及防的瞬間，梅如是的劍已朝那兩個亮點之間斬下。

驚駕寶劍果然不輸任何一柄絕世神兵，劍芒飆烈，鋒燄電掠，「咻」地一聲滅入那團光氣之中，光團頓時熄滅，處女宮頹然倒地，兀自讚嘆連聲：「果然好劍！」

梅如是並無絲毫喜悅之情，因爲她感覺得到這一劍並未把所有的光束斬斷。她低頭皺眉，盯著手中劍，不滿之情充斥心頭。

處女宮虛弱笑道：「我的八千億條光束被妳斬斷了七千九百九十九億八千萬條，妳還不滿意？」

梅如是仍佇立原地，懊惱自己的鑄劍術還沒達到爐火純青的境界。

豈料，那兩千萬條未被斬斷的光束就是處女宮的左手，乘著梅如是恍神，那隻手已探入她的胸膛，抓住了她的心臟。「如果妳斬完就退，我拿妳一點辦法都沒有，偏偏妳只顧著不滿意自己的工作。」處女宮臨死前諷笑一聲：「妳就是死於吹毛求疵。」

「妳也一樣。」梅如是嚥下了最後一口氣。

申時正

丐幫大院內的眾人沒吵出個結果，懷著怒氣俱各散去。

邢進財進入茅房，蹲在糞坑上，邊仍嘀咕不休：「搞那什麼事兒？真他奶奶的一肚子大便！」

忽一條黑影推門進來。

邢進財呸道：「沒看見我蹲在這裡嗎？」

那人驀然出手，一刀刺入邢進財心窩。

寶瓶宮的弱點

院內眾人全然不知茅房裡發生的慘劇。

羅達禮與菌人們聚在一個角落裡竊竊商議。

羅達禮跟菌人有著深厚的交情，尤其和陶大器堪稱生死莫逆，陶大器的陣亡讓他心頭充滿了復仇的怒火。

「寶瓶宮那廝躲在宮城內，就算我從地道鑽進去也帶不了法寶，打不贏他，所以非把他引出來不可。」

菌人們紛紛出主意，只沒一個恰當。

這時，黎翠帶著蘇透走過來：「這位蘇舍人對十二星宮頗有研究，我們可以向他請教對付魔王之道。」

蘇透紅著臉囁嚅：「談不上什麼研究，只是稍有涉獵。」

羅達禮急道：「你快告訴我們，寶瓶宮的缺點。」

蘇透道：「寶瓶宮自視甚高，有些神經質，凡事理想化，特別喜歡人多的場合，因爲他原本的主要職務是在宴會上替眾神斟酒，尤其愛把酒倒入雙魚宮的嘴裡……」

菌人鄧大眼道：「所以找到了雙魚宮，說不定就能找到寶瓶宮？」

黎翠追問：「雙魚宮又是如何？」

「雙魚宮其實是母子兩條魚的尾巴連在一起，大事都由母親主導，她的缺點是逃避困難，容易沮喪，心中充滿了浪漫幻想。」

艾大米切齒道：「這雙魚宮剛剛害死了崔公子，應該還未回到皇城，我們快去堵住他。」

幾十萬個菌人出動了，羅達禮則帶上了女媧寶傘與五色石，快步行出大院。

「羅公子，等等我。」黎翠追上來。她跟陶大器也有著過命的交情，又擔心不會武功的羅達禮雖有法寶，仍非魔王對手。

當然，還有著旁人難窺的少女情懷。

羅達禮悸動的望了她一眼，想要勸阻她涉險的言語竟爾說不出口。

同命鴛鴦

寶瓶宮抱著他的瑪瑙玉瓶走在兩百步寬、渾若一片大平原的「御街」上。

獅子宮與天蠍宮已把開封城內所有的活人都殺光了，使得這片空間更為空茫遼闊。

寶瓶宮孤孤單單的走著，感覺相當落寞。「唉，辦不成酒宴的日子眞無聊。」

他想起了雙魚宮，那是他最喜歡餵酒的對象。「小子跑到哪裡去了？非要找到他，把他餵飽不可。」

一群兩寸大的小人兒忽從前方的「錄事巷」裡走出來，一看見他便露出驚恐的神情。「又是那個拿瓶子的魔王，他來殺我們了！」紛紛轉身逃入巷內。

寶瓶宮藝高人膽大，又正閒得慌。「就拿這群小小獸兒來玩玩。」拔腿追了過去。

錄事巷本是妓院集中地，現在當然沒一個妓女，只有兩條尾巴相連在一起的魚在那兒茫然閒晃。

「雙魚，你躲在這裡幹嘛？我找你找得好苦。」

雙魚宮重嘆一口氣：「我跟白羊、雙子去突襲那個會彈琴的獸，結果他們兩個都被殺了，我不敢回去面對大家……」

寶瓶宮嗐道：「你又逃避問題，滿腦子胡思亂想，該面對的時候還是得面對，況且大伙兒不會責怪你的。」

「才怪！」雙魚宮沮喪。「天蠍第一個就會叮得我體無完膚。」

「唉呀，別想這麼多。」寶瓶宮舉起玉瓶。「來來來，先餵你喝幾口酒。」

雙魚宮果然乖乖的張嘴接酒。

驀地裡，一塊五彩斑斕的大磨盤蓋了下來，不但打碎了玉瓶，還把寶瓶宮打得頭骨盡裂而亡。

原來菌人們發現雙魚宮的行蹤，便故意引來寶瓶宮。羅達禮和黎翠則躲在具有隱形功能的女媧寶傘之下，兩個魔王根本沒有察覺。

羅達禮趁他倆分神之際，祭起女媧的五色石，一舉擊斃殘殺菌人的兇手。

雙魚宮尖叫一聲，撲騰著尾巴逃之夭夭。

羅達禮與黎翠收了寶傘，現出形體，菌人們都憤恨的聚攏過來，亂踩寶瓶宮的屍體。

黎翠勸道：「他既已死了，就別再難為他了。」

大伙兒轉身想要回返丐幫大院，剛剛走到錄事巷口，一張漁網兜頭落下，把羅達禮罩在其中。

螳螂捕蟬，黃雀在後，心計深沉的魔羯宮竟把寶瓶宮當成了誘餌，誘出了他最忌憚的女媧的徒弟。

這漁網歹毒非常，羅達禮瞬間生機全失，只剩下一口氣兒。

黎翠與菌人都被這突如其來的狀況驚呆了。

魔羯宮對著黎翠獰笑道：「妳這母獸還算好心，我會對妳客氣一些……」

話沒說完，黎翠的八支金針已然出手，全都刺在他的右眼上。

魔羯宮痛得大叫，撤回漁網，又撒了過來。

黎翠早有準備，將身一起，躲過了漁網的籠罩，不防一隻大蠍子從另一邊的屋頂竄下，幾十根暗器打在她身上。

黎翠不支倒地。

羅達禮虛弱的爬過去，握住她的手：「黎姑娘，妳還記得我們當初攜手勇闖地獄十殿，被『都市王』的鬼火困住，我們一起撐著女媧寶傘，在傘下共同度過生死難關……」

黎翠微笑點頭，把他的手握得更緊，兩人同時氣絕。

魔羯宮摀著瞎掉的右眼，恨恨的說：「崔吹風、羅達禮，兩個最厲害的都死了。那群獸撐不了多久了。」

三隻鳥的語言

莫奈何的飛車被巨蟹宮毀了，與文載道困在百惡谷內，哪兒也去不了。

青鳥又哭又嚷的把文載道罵得抬不起頭。

莫奈何暫時壓下喪失櫻桃妖的傷痛，急道：「我們還是得想辦法趕回去才行。」

彷彿呼應他的要求，天上飛下了兩隻翼展超過兩丈的怪鳥，竟是西王母座前的另外兩名密探——大鶖與少鶖。

莫奈何喜道：「你們可否幫我去崑崙山找女媧大神？」

少鶖也能吐人言，啾啾啾的說：「女媧雲遊太虛去了，好些日子沒看見她了。」

莫奈何跌足：「這要怎生是好？」

大鶖振翅，咕咕咕的叫了幾聲。

青鳥不情願的嘰嘰嘰說道：「牠說牠們可以載你們去開封。」

兩隻大鳥載著莫奈何、文載道疾如星火的逕往東飛，哪消多久便已到了函谷關附近，低頭只見許多廂兵正在屠殺百姓，顯然他們已收到了朝廷的命令。

繼續往東，將近洛陽，也是一般情景，但也有不服從命令的廂軍跟禁軍展開了慘烈戰鬥，殺得屍橫遍野。

莫奈何悲嘆：「好好一座錦繡江山怎麼變成了羅剎屠場？」背上的矛傷雖經過薛家糖

的治療，此刻愈發甚了。

青鳥獨自飛在最前方打頭陣，霍然驚叫一聲：「哪來這麼多鳥兒？」

莫奈何極目望去，果見萬餘隻大雁在邙山的天空上結出了一座大陣，聲勢之浩瀚，史所未見。

雁行大陣

青鳥怪道：「大雁雖是群居，可從不知牠們會結成這麼大的陣仗。」

又聽邙山山頂傳來一聲鳴叫，萬餘隻大雁立即盤旋降落，圍繞在一個人的身邊。

青鳥愈發不解：「大雁怎會如此聽話，簡直匪夷所思。」

莫奈何從天空細瞅那呼喚大雁之人，竟看不見他的頭。

「他……是誰呀？」

燕行空本尊現身

飛車降落在邙山之巔，莫奈何跳出飛車，奔向那無頭之人。

那人已開聲笑道：「小莫，你怎麼會來這裡？」

莫奈何驚得闔不攏嘴：「燕……燕大哥？」

燕行空笑道：「去年我摔落陰陽斷崖，受了重傷，僥倖沒死，你也用不著把我當成鬼吧？」

「不是因爲這個。」莫奈何猛敲腦袋。「既然你在這裡，開封的那個燕行空就是假的。他一定不是刑氏子孫，但怎麼會跟你一樣沒有頭？」

文載道跟了過來。「山海經的〈大荒西經〉中有這麼一條記載：『有人無首，操戈盾立，名曰夏耕之尸。』此人是夏朝末代君王『桀』的臣子，後來被商湯砍掉了頭顱，但仍手持戈盾，跳著戰舞，就跟刑天大神差不多。」

「夏耕之尸？」莫奈何咋唬。「他假扮成燕大哥混入我們之中，顯然就是魔王的內應。」

把今日發生之事，詳述了一遍。

燕行空怒道：「此人著實可惡，打著我的名號到處騙人。」

大鷲強壯，可乘載兩人，莫奈何便與燕行空一起跨坐上去，趕往開封。

莫奈何問起燕行空，爲何在此餵養大雁？

燕行空嘆了口氣道：「去年三月我們路過洛陽，我一時心急，在進財大酒樓斬殺了那隻大雁妖，後來想起此事，委實後悔至極，因爲那雁妖並無惡行，我卻不分青紅皀白的殺了他……」

莫奈何嗐道：「雁妖的兒子花月夜因此惹出不少禍端，害慘了西王母座下的黎青、黎翠兩姐妹。」

「那花月夜並沒有錯，都是我的錯。」燕行空深自懺悔。「如今我在他父子倆的老巢邙山養了這群大雁，就算是贖罪吧。」

鐵拳擊盾

丐幫大院外又來了一隊禁軍探頭探腦。

音兒強忍喪夫之痛，運起「水漫天」神功，築起水牆，阻絕了外界的騷擾。

假扮成燕行空的「夏耕之尸」端著一碗熱湯走過來：「崔夫人，這大半天下來，可把妳累壞了，快補補身子。」

音兒感謝的略點了點頭，接過熱湯喝了一口，背心突發一陣劇痛。

夏耕之尸手裡的尖刀已刺入她後背。

虧得她反應神速，回手一指，水箭噴向夏耕之尸的肚腹，逼得他連退數步，返身縱回角落取出了從刑氏子孫那兒騙得的金斧銀盾，又欲來殺音兒。

黎青就坐在附近，被這突如其來的狀況驚得蹦跳起身：「原來你就是內應！」抖手八根金針射了過去。

夏耕之尸舉起銀盾輕鬆擋掉，邊自哈哈大笑：「妳這點本領能奈我何？」

呂宗布早就不爽這個「燕行空」，挺劍橫掃過來。

夏耕之尸雖非刑天一系，本領卻也不弱，掄動金斧，聲勢威猛，呂宗布手中的「太阿神劍」畢竟細弱，難以抗衡。而黎青的金針縱然神妙，但碰上了盾牌這種天生剋星，也是半點轍兒也沒有。

霍鳴玉在屋內聽見打鬥之聲，飛奔衝出，正想加入戰團，胸口可又窒悶得有若悶燒火爐，跑不出幾步便倒栽蔥的仆跌下去。

那邊廂，夏耕之尸已殺得黎青、呂宗布節節敗退。

呂宗布力怯，被愈來愈沉重的大斧迎頭斬下，只得舉劍硬架，「噹」地一聲，太阿神劍竟被磕飛，人也不支倒地。

夏耕之尸搶上一步，金斧倏落，眼看就要把他劈成兩爿。

半空中閃過兩條黑影，一人大叫：「夏耕之尸，你認得我嗎？」

夏耕之尸被人叫破來歷，才只怔得一怔，兩隻大怪鳥已降在大院之中。

燕行空從大鷲背上一躍而下：「你竟敢冒充我幹出這等喪盡天良之事，今日非鏟除你這惡賊不可。」

夏耕之尸冷笑道：「別以爲你們刑天一系有多了不起，在我眼裡不過是一群草包。」

掄起金斧砍來。

燕行空空著一雙手，絲毫不懼，偏身閃過斧刃，一記重拳打在銀盾上。

燕行空是刑氏一族中本領最強的一個，拳勁之威猛，神鬼難當。

砰然巨響聲中，夏耕之尸竟被震得倒退了三步，持盾的左臂一陣痠麻，心下驚忖：「想不到此人如此神勇，刑天的威名果非浪得。」拚盡右臂全力，再一斧砍去。

燕行空身材雖魁梧，步法可靈巧得很，兩個滑步閃過斧刃，又一拳打在銀盾上。

這一拳的聲響更大，銀盾被打得「叮叮」迴響不絕，震得院內眾人耳鼓生疼，夏耕之尸連退五步方才站穩。

形意門掌門「鐵拳」霍連奇在旁心想：「我被武林同道尊爲『鐵拳』，跟他一比簡直丟臉死了，以後誰再叫我鐵拳，我可要鑽到糞坑裡去吃屎！」

燕行空不讓夏耕之尸有重新發動攻勢的機會，欺身進步，又是一拳。

這一拳愈發地動天搖，夏耕之尸實在承受不住，整條左臂都快要斷掉，手指骨節更似已然斷裂，銀盾脫手飛出。

燕行空毫不停滯的挺身直前，夏耕之尸勉強砍下金斧。

那金斧竟似認得主人，說什麼也不肯落下，燕行空只一舉右手就抓住了斧柄。

「冒牌貨，去死吧！」左手一拳，打在夏耕之尸的肚腹上。

肚腹部位也就是他的頭與臉，當即被打得稀巴爛，倒地斃命。

院內眾人都圍了過來，罵不絕口：「原來邢大掌櫃、刑飛、耶律隆祐與形意門的弟子，都是被他暗殺的。」

霍鳴玉掙扎起身，跑過去察看音兒，那一刀雖未刺入她的心臟，但已讓她身受重傷。

呂宗布恨恨切齒：「這廝冒允燕大俠，混在我們之中當臥底內應也就罷了，爲何還要引誘我的妻子？」

莫奈何知他夫妻倆之間有些齟齬，忙道：「如果梳雲姐沒拿到女媧寶盒，夏耕之尸也會想盡辦法把寶盒送入宮中，否則那日他怎會那麼巧合的出現在海邊？所以他才是眞正的引路者。梳雲姐是被寶盒裡的魔性勾動，才會做出許多不尋常的行爲。」

呂宗布思前想後，畢竟不捨夫妻之情，掉頭奔出大院。

過沒一會兒，菌人們哭哭啼啼的鑽出地道。「羅公子與翠兒姑娘都……死了。」

院內眾人的震驚才剛達到頂峰，大南瓜又灰敗著一張臉狂奔回來。「梅姑娘她……」

莫奈何沒聽他說完，便已傷口崩裂，暈死在地。

潑婆打獅子

黃髮黃鬚的胡人依舊在遇仙正店內閒坐，梳雲又走了回來。

「怎麼，其他地方的酒都不好喝？」

「沒錯，都比不上這兒。」梳雲又從壁櫃上拿下了五甕酒，獨自喝著，一邊問道：「你說我被魔王控制住了，我怎麼感覺不出來？」

「若能讓妳發現，還叫作控制嗎？」

「那你怎麼知道？」

「憑我的神通，沒有任何事情能逃過我的法眼。」

梳雲大笑：「原來你還有神通，能否表演給我看一下？」

那胡人臉一沉，似乎就要發作。

就在這時，呂宗布尋了進來。

「相公？」梳雲甩了酒罈奔過去。「你是來找我的嗎？」

呂宗布見她醉得像團泥，強笑道：「我不找妳，找誰？」

梳雲倒在他懷裡醉笑：「我跟那個沒有頭的傢伙睡過了，你不嫌棄我嗎？」

呂宗布好不容易忍住心頭之火，柔聲道：「妳是受到了魔王的引誘，我……不怪妳。」

梳雲猛地一把抱住他，放聲痛哭：「還是你對我最好了！」大把大把的眼淚鼻涕弄得呂宗布的衣衫前襟都溼透了。

黃髮胡人冷笑道：「妳夫君的度量好大嘛。」

店外突地傳入一聲大吼：「誰的肚量比我大？」

緊接著，獅子宮衝了進來。「嗯？怎麼還有活獸？」一指梳雲：「妳該死！」一指呂宗布：「你該去當兵。」

黃髮胡人笑道：「那美女可是你們的同路人，你可別亂殺。」

獅子宮這才看見那胡人，吼道：「你也該死！」

那胡人呸道：「憑你也配跟我說這種話？」

獅子宮最恨別人瞧不起自己，登即勃然，舉起鳳翅鎏金钂敲過去。

那胡人不慌不忙的把身體一轉，露出本相，他頭上長著一彎新月，頭髮盤成犄角形狀，脖子呈現恐怖的青黑之色，額頭上生著第三隻眼睛，這「智慧眼」可厲害了，在宇宙週期性的毀滅之際，能噴出一股神火，殺死所有的神祇與一切生物。

原來他就是「婆羅門教」的三大主神之一——破壞神「溼婆」。

呂宗布、梳雲都不知他是何方神聖，但見他那恐怖模樣，都心下駭異。

獅子宮哪管三七二十一，揮钂亂砸。

溼婆的隨身武器很多，本有一柄稱作「阿賈伽瓦」的三叉戟，與一根「卡特萬伽」棍棒。但去年六月，他與崑崙眾神在泰山山巔一戰，三叉戟被刑天砍得只剩下一叉，卡特萬伽棍棒也被劈成了三截，所以現在只剩下了一柄劍與一張「比那卡」弓。

他抽出魔劍和獅子宮戰作一處，一時之間竟難分高下。

梳雲悄聲道：「他們狗咬狗一嘴毛，我們就別再這兒跟他們混攪了。」

呂宗布暗忖：「娘子的魔性好像減弱了許多，應該把她帶回去跟我們聚在一起才是。」一拉她的手。「我們走。」兩人奔出店外。

「喂！」溼婆本想阻止他倆，轉念又忖：「那女子的魔性還未消退，不知還會給他們惹出多少麻煩，就讓她去吧。」

放棄了追逐他們的念頭，抖擻起精神猛擊獅子宮。

酉時正

魔羯宮在垂拱殿內焦躁踱步。天蠍宮、雙魚宮都已回來，不解的望著他。

魔羯宮道：「我怎麼一直收不到夏耕之尸的心電感應？」

天蠍宮冷哼：「那廝沒什麼大用處，管他咧。」

魔羯宮道：「可我需要知道丐幫大院裡的那些獸正在幹什麼，難道夏耕之尸已經被識破了？」

天蠍宮唉道：「那些傢伙已不足為慮，中原人類被我們消滅定了。」走到兀自癡呆的趙恆面前，用尾巴上的毒螯扎了一下，趙恆頓即毒發而死。

文武百官嚇得跪地求饒，天蠍宮哼道：「大宋國的獸都快死光了，還留你們何用？」渾身暗器射出，把他們全部殺了。

雙魚宮垂淚道：「可憐，這些獸從前應該都有幾段羅曼史。」

過沒一會兒，獅子宮一臉灰敗、嘀嘀咕咕的走了進來，脖子上的鬃毛少了一大圈。

雙魚宮驚道：「你怎麼啦？」

獅子宮恨恨道：「遇見一個名叫什麼溼婆的傢伙，被我一頓好打……」

天蠍宮冷笑：「是你被他打了吧？」

雙魚宮跌足：「你那好浪漫、好唯美的毛都沒了。」

魔羯宮眼神一凝：「你說溼婆現在也在開封城內？他來幹什麼？」

獅子宮沒好氣：「你去問他啊。」

魔羯宮沉吟：「難道他想幫助中原人類？沒道理嘛。」

天蠍宮嗜說：「管他做什？諒他不敢捋咱們的虎鬚。」

雙魚宮笑道：「不敢捋虎鬚，只敢拔獅子頭上的毛。」

獅子宮正想翻臉，但聽得殿外「答答答」馬蹄聲響，一個愉快的聲音高叫著：「我回來啦。」

獅子宮罵道：「回來就回來，嚷嚷些什麼？難道還要我們去迎接你不成？」

「我可帶回了一個無價之寶哩。」

射手宮踏著輕快的步子走入殿內，手裡拎著一個不斷掙扎的少女，竟是夏國公主趙百合！

旗桿上的公主

宣德門的城門樓上有九根旗桿，掛在上面的旗幟依然鮮明，現在又多掛上了一個人。

「喂，你們幹什麼呀？」趙百合的嗓門一向很大，此刻更叫得讓人耳聾。

魔羯宮、天蠍宮、獅子宮、射手宮、雙魚宮一起站在旗桿下，齊聲大吼：「限那隻很會射箭的獸一刻鐘內出來自首，否則就把這母獸剁碎！」

早有菌人把這消息報入丐幫大院，文載道驚得滿院亂竄：「這些魔王恁地下作，竟然牽連無辜！」

青鳥罵道：「如果你早把那射手宮射死了，豈會發生這種事？」

山膏不爽：「王八蛋小鳥，若沒有建設性的意見，就閉上你的鳥嘴。」

一豬一鳥對罵開來。

剛剛從悲慟中甦醒過來的莫奈何鎮定下心神，細思一番，做出計較。

大戰宣德門

魔羯宮等人沒等多久，就見燕行空、黎青、霍鳴玉三人從御街上一字排開的走過來。

魔羯宮恍然：「原來是真正的燕行空來了，夏耕之尸碰上了正牌貨當然沒命了。」

射手宮喝道：「那個會射箭的怎麼沒來？」

黎青冷哼：「你說的是哪一個？我們沒看見。」

莫奈何與文載道一回來就把夏耕之尸殺了，所以魔羯宮並不知道他倆已經回返開封。

射手宮聽說會射箭的不在，露出意興索然的樣子。

菌人們圍繞在黎青腳邊，指向天蠍宮。「就是那個魔王殺了翠兒姑娘。」

黎青大步上前，對著天蠍宮大叫：「你下來，我跟你單挑！」

天蠍宮陰笑：「喲，這母獸膽子不小。」

天蠍宮縱身跳下，人還沒落地，先射出幾十根暗器。黎青也不等他落地，八支金針就招呼過去。

兩人都是暗器高手，防不勝防的各種尖銳的小東西在空間中呼嘯來去，殺得難分難解。

魔羯宮、獅子宮、雙魚宮也跳了下來，只剩射手宮守在旗桿下，手持弓箭掠陣。

燕行空大步上前：「刑天大神第三百零三代後裔燕行空，領教各位高招。」

「什麼刑天大神，不過是個沒有腦袋的傢伙！」獅子宮剛剛被淫婆修理了一頓，正沒好氣，瞬即猛撲上前，揮動鳳翅鎏金鏜，一鏜砸下。

燕行空金斧一架，震得獅子宮虎口發麻，鎏金鏜險些脫手飛出。

獅子宮驚忖：「這傢伙的力氣比那淫婆還大！」

燕行空冷笑道：「光只你一個不夠看，再來一個才過癮。」

魔羯宮大怒，抖開漁網撒了過來。

燕行空以一敵二，絲毫不落下風。

雙魚宮輕搖摺扇，緩步走向霍鳴玉：「好漂亮的小母獸，今生應該會有許多羅曼史吧？」

那迷魂扇的扇面上顯出了各種花前月下、山巔海涯、密林邂逅、沙灘奔跑的畫面，能讓所有少女爲之心醉。

他哪知道，霍鳴玉的身體仍然不適，勉力支撐著出來拚鬥，心中怎還會有什麼浪漫情懷，只想速戰速決，大喝一聲：「騙人的把戲少在我面前賣弄！」

將背一弓，變身成爲女巨人，一輪快拳打了過去。

她乃形意門第一高手，形意拳本就是天下最爲霸道的拳法，現在由她比磨盤還大的拳頭施展開來，既重又猛，每一拳都像打雷，砸得雙魚宮哇哇叫，扇子也搖不起來了。

射手宮站在城門樓上觀察戰況，望見燕行空在兩大魔王的夾攻之下，已漸不支。天蠍宮與黎青則勢均力敵，暫且無虞。只有雙魚宮險象環生，便拈起金弓、搭上銀箭，對準了霍鳴玉，想要給她一箭穿心。

驟然，兩大團黑影從北面「拱宸門」的方向飛掠而至，一人高叫：「會射箭的來了！」是乘著大鵟的莫奈何與乘著少鵟的文載道。

射手宮一驚，飛快回身，轉向文載道射去。

文載道因他綁架自己的嬌妻，恨得牙癢癢，心中再無仁慈之念，端起玩具般的小弓，把玩具般的小箭射了出去。

射手宮的銀箭恍若流光，閃耀飛行，炫麗極了。文載道的小箭則輕飄飄的，時高時低，有如一隻折歪了翅膀的小蜻蜓，隨時都會栽落地面。

射手宮在夏國就領教過這小箭的厲害，但他是個粗心大意的傢伙，轉眼就把以往的教訓忘得精光，滿心以為自己必可大勝。

兩箭倏忽相遇，文載道的小箭猛然漲大了幾十倍，竟變成了一顆大砲彈似的東西，把射手宮的銀箭撞了個稀巴爛，去勢仍然不歇，一直撞向射手宮的身體，把他炸成了一根金花銀燄綻放的大爆竹。

這時大鵟已飛到旗桿上方，莫奈何忍住背上創痛，用「大夏龍雀」寶刀砍斷旗桿，救下了趙百合，並出聲大叫：「退！」

燕行空勉力支撐到現在已屬不易，任務既已達成，便即後撤。

魔羯宮已殺出了肝火，怎肯放過他，緊催漁網，沒頭沒腦的只管亂撒，竟勾住了斧柄尖端，遲滯了燕行空的行動。

獅子宮因鳳翅鎏金钂中看不中用，早就丟在一邊，改用利爪尖牙，反而比較來勁兒，趁著燕行空運斧不易的當兒，和身撲上，一口咬住他的右肩。

獅子宮一擊成功，自以爲必能讓對方廢掉半條命，不料，他嘴裡只覺得一陣滾燙，痛得他趕緊鬆口後退。

原來，燕行空的血液竟是火！

沸揚的火燄快要把獅子宮的嘴唇和舌頭燒成了炭烤肉串。

但燕行空右半邊身子仍不免鮮血直流，金斧脫手掉落，只能用左手掄動銀盾脫出重圍。

霍鳴玉本已把雙魚宮逼入死角，但她胸口的窒悶之感愈發嚴重，也只得撤招後退。

魔羯宮振翅追來。

文載道從少鶖背上又發一箭，莫奈何也祭起蓋天印當頭打下。

魔羯宮不敢和這兩件神物硬拚，匆匆躲了開去。

場中只剩黎青不肯退，仍跟天蠍宮纏鬥不休。

天蠍宮的本領比黎青高出許多，毒螯又令人防不勝防，然而他現在被黎青的死纏爛打弄了個頭暈眼花。

黎青曾經死過一次，是妹妹黎翠把她從地獄救出來的。黎翠被天蠍宮所殺，讓她恨入骨髓，此刻她完全不想求生，只想拚死，每一著都是不要命的打法。

這種打法雖然犀利難當，但有一個很大的缺點，就是會讓自己破綻百出，若被對手窺破，立馬一敗塗地。

這次出征之前，蘇透又對眾人說起各個星宮的弱點，所以黎青知道天蠍宮生性多疑。多疑的人總認爲別人是故意露出破綻，想騙自己上鉤，因此儘管黎青破綻盡露，他卻不敢長驅直入的攻擊，只在外圍打轉，這就讓黎青占盡了上風，捨命搶入天蠍宮內懷，把八支金針全都緊握在掌中，奮力撲上天蠍宮的頭，雙掌猛拍，八針深深扎入天蠍宮雙眼。

天蠍宮痛得滿地打滾，用尾巴的毒螯反打黎青。黎青仍不鬆手，十根指頭都剜入了天蠍宮眼窩。

魔王的精魄都凝聚在雙眼，黎青刨了他的根，他慘嘯兩聲之後，便化成一抹黑煙，消散得無影無蹤。而黎青被他的毒螯扎入體內，也沒能支撐多久。

「翠兒，別走得太快，我來找妳了。」黎青總算釋放了心頭鬱結，安詳的死去。

這一戰，魔王又損失兩員，只剩下了三個，

獅子宮傷得不輕，整張嘴腫得像塊叉燒，仍然戟指大罵魔羯宮：「你說只有崔吹風與羅達禮厲害，怎麼又跑出了幾個更厲害的？」

魔羯宮最能享受被人詈罵的滋味，只哼了一聲，並不回嘴。

雙魚宮發抖道：「那母獸也太不浪漫了。」

你老大是誰？

莫奈何等人回到丐幫大院，先把霍鳴玉扶入房內休息。

青鳥飛了過來，吱吱叫喚大鵹、少鵹：「西王母有令，不准咱們幫助人類，要我們快回崑崙山。」

三隻鳥兒振翅便走，連聲鳥叫都沒留下。

文載道雖救回了嬌妻，但因己方只剩下寥寥數人，莫奈何、燕行空、霍鳴玉與音兒又都有傷病在身，不由得沮喪萬分。

燕行空找了塊破布，隨便裹了裹傷口，提著銀盾又往外走：「我再去跟那些東西大戰三百回合！」

莫奈何還未出口勸阻，呂宗布已帶著梳雲回來了。

「這位才是眞正的燕人俠。」

梳雲怔怔的望著燕行空，臉上泛起兩朵紅雲，不知是羞還是愧。

呂宗布見燕行空準備出發殺敵：「我跟你一起去。」他豪氣干雲，已將生死置之度外。

莫奈何想起櫻桃妖、崔吹風、羅達禮、黎青、黎翠、邢進財……這些生死與共的好朋友全都殞命，止不住義憤滿胸，尤其梅如是的死對他打擊更大，便不管背上的傷勢愈形惡化，掙扎著站起身子。「好伙伴們死傷殆盡，整座江山也毀了，我對人生已無留戀，就跟你們去拚到底算數。」

身負重傷的音兒虛弱的說：「殺光了魔王又如何？能喚回我家相公嗎？你們大伙兒乾脆各自逃命去吧。」

燕行空厲聲道：「正當吾輩奮力之時，何出此消沉之言？」

音兒掩面低泣：「你們還不明白嗎？這個世界再也不是從前的那個美好的世界了。你們能把從前的那個世界挽回來嗎？」

這句話如同針尖一般刺透了眾人的心。

是啊，以往那個美好的世界再也回不來了，就算把魔王殺光了，又怎麼樣呢？

山膏忽道：「唉，如果我老大還在，定能把這一切統統挽救回來。」

莫奈何渾身一震，猛然怔住了。

梳雲笑道：「好可愛的小紅豬，居然還會說話。牠是誰的寵物？」

「牠是霍姑娘的寵物。」

山膏抗議：「我不是姐姐的寵物，我是我老大的寵物。我老大失蹤之後，姐姐才把我帶在身邊。」

梳雲又問：「你老大究竟是誰？」

山膏驕傲的噘起長長的豬嘴：「我老大就是鼎鼎大名的『追日神探』姜無際！」

夸父的後代

呂宗布和梳雲都不知姜無際是何許人也。燕行空則在去年三月間遇見過他一次，對他鄙夷至極。「這小子聲名狼藉，雖然身在公門，卻是個色中惡鬼，見了美女就色心大發，滿口不三不四的淫穢話語。」

山膏涎著豬臉笑道：「一夜還要來個十幾次。」

呂宗布皺眉：「這等人物，提他做什？」

山膏大聲道：「喂，我老大在擔任洛陽總捕期間，洛陽可是全國唯一一個沒有積案的城市，各種疑難雜案到了他手裡無不迎刃而破。」

燕行空呸道：「那又如何？不過是個捕快頭兒，有啥本領？」

山膏哼了幾聲：「我問你，你可知道夸父這個大神？」

梳雲失笑：「什麼大神？只就是一個不自量力的傢伙而已。」

「妳呀，缺乏中原的歷史知識。」山膏嘲笑。「夸父乃炎帝一系，神農氏末代君主『榆罔』的姪兒。榆罔為帝之時，與黃帝集團展開了『阪泉之戰』，陣中大將蚩尤身先士卒，勇猛異常，但榆罔是個軟耳根的領導者，他聽信讒言，疑忌蚩尤，弄得蚩尤很不爽，後來就倒戈相向，使得炎帝集團大敗虧輸……」

呂宗布不耐道：「你盡扯蚩尤幹嘛？」

「你別急，山人自有道理。」山膏慢條斯理。「夸父跟蚩尤是好哥兒們，所以也跟著蚩尤歸順了黃帝。蚩尤被大家視為戰神，頗受重用，然而他本性桀驁不馴，上朝拜見黃帝之時，極為囂張，與文武百官多起衝突，所以後來又造反了，夸父當然也義無反顧的跟他併肩作戰。夸父乃是史上第一巨人，衝鋒殺敵，勇冠三軍。終於，蚩尤的大軍在涿鹿與黃帝展開決戰，蚩尤九戰九勝。後代之人只知蚩尤很會打仗，卻不知他為什麼能夠戰無不勝、攻無不克……」

呂宗布諷笑：「難道跟夸父有關？」

「當然跟他有關，蚩尤能夠每仗必贏，靠的就是夸父的神通。」山膏又很跩的一噘豬嘴。「炎帝姓姜，夸父當然也姓姜，我老大姜無際就是夸父的後代！」

梳雲噴笑：「原來你老大的祖先就是那個追太陽的大笨蛋？」

山膏哼道：「後代之人都說夸父蠢笨，因為他們根本不懂夸父為什麼要追日？你們想想，如果他跑得比太陽快，會發生什麼情形？」

這可是個難解的問題，大家都蹙緊了眉頭。

山膏得意的說：「他順日而逐，追過太陽之後，就能前進到未來；逆日而跑，就能回到過去。」

燕行空等人都聽得呆住了。「前進未來？回到過去？」

山膏續道：「每當蚩尤、黃帝兩軍即將對陣的時候，夸父就跑回前一天，探知黃帝大軍的部署與動向，再跑回來告訴蚩尤。如此一來，蚩尤當然百戰百勝。」

梳雲追問：「既然夸父能夠事前偵知黃帝大軍的布陣與動向，為什麼後來蚩尤會輸呢？」

「因為前面九戰，每一戰都相隔七天，最後的第十戰與第九戰只相隔了六天。」山膏道出如此玄奧的結論。

「你說這什麼屁話？為什麼一定要間隔七天？」

「哼哼，哼。」山膏噘著豬嘴，想要賣關子，被大家踢了幾腳之後，才不得已的說：「夸父來回時間之流，體力消耗相當巨大，所以他每跑一次就要休息七天，這是他唯一的弱點。」

梳雲有點懂了：「蚩尤犯了驕兵大忌，想要一舉擊潰黃帝，不顧夸父只休息了六天？」

「沒錯。蚩尤急於展開第十場決戰，夸父只得勉爲其難的回到前一天晚上，潛入黃帝大軍營盤。蚩尤最厲害的本領是能夠興起大霧，並有風伯、雨師助陣，風、雨、霧同時並起，使得敵軍陣形大亂，變成一盤散沙。但此刻夸父發現，黃帝已有了破解之道……」

呂宗布道：「黃帝就在這幾天內發明了指南車？」

「沒錯。夸父看見營中停著一排從未見過的軍車，他趨前細瞅，那車的車頭上有個小木人，伸出右手，指著南方。夸父用手一撥，小木人被轉開，但馬上又轉了回來，仍然指向南方。夸父再轉數次，但不管怎麼轉，那小木人依舊指定南方。夸父驚訝於這種新發明，也知這就是足以擊潰蚩尤的利器，便舉起罈大的拳頭，一拳擊毀了一輛指南車，還想繼續搗毀其他的車輛，但士兵們聽得響動，早已圍了過來，夸父好漢不敵人多，只得廢然離去……」

梳雲道：「他不能再往前一些日子，讓黃帝根本發明不了指南車嗎？」

山膏叼了一支筆，在地下畫出簡單的時間座標。「追日神技當然有其限度，頂多只能前進一天或倒退一天。而且，回去容易回來難——回到過去是背日而行，事半功倍；從過去回到現在則是順日追逐，困難百倍。」

「原來還有這種差別。」

「夸父奔跑在原始森林、黃土高原上，想要趕回去告訴蚩尤，別再使用大風、大雨、大霧的戰術，但是因爲這次他只休息了六天，愈跑愈沒力氣，又口渴得要命，來到黃河邊上，趴在河邊大口喝水，把黃河的水都喝乾了，然後又繼續奔行。但他喝多了水，更跑不動了，太陽已遙遙領先，夸父耗盡了全身力氣也追趕不上，終於倒地氣絕，手中的木杖插入地面，轉眼間就變成一片樹林，如今稱作『鄧林』。」

「後來發生的事情，大家都知道了。」呂宗布說。「夸父既然沒能趕回來警告蚩尤，第十次大戰展開的時候，蚩尤當然故技重施，嘴巴一張，吐出大霧，並挾著強風暴雨席捲而向黃帝大軍，但黃帝發明的新型兵車上的小木人一直指著南方不動，根本不會迷失方向，筆直衝向敵陣，蚩尤軍猝不及防，全線潰敗。黃帝陣中的猛將『應龍』振翅飛到兀自搞不清楚狀況的蚩尤頭頂，俯衝而下，一刀把蚩尤殺了。」

山膏搖頭道：「不，那一刀其實並未砍死蚩尤，只是讓他休養了好幾千年。去年六月的洛陽拳鬥大會，他和榆罔的嫡系子孫第五公子俞谿至合謀，想趁著大宋皇帝趙恆上台親自頒獎給冠軍的時候刺殺皇帝，奪取中原政權。霍姐姐代表形意門出賽，最後決賽的對手就是蚩尤假扮的『烏有道長』，霍姐姐雖然呑食了大量櫰果，可以變身爲女巨人，但前一夜被蚩尤下了毒，在緊要關頭毒性發作，眼見就要被蚩尤踩死，而我老大六天前爲了偵破一件命案，已施展過一次追日神技，照理說，不能再跑了，但他深愛著霍姐姐……」

燕行空冷笑道：「那色鬼豈會深愛某一個女人？」

山膏跳腳大叫：「霍姐姐確是他的真愛！他不顧自身的安危，拚命趕回前一天晚上，在霍姐姐吞下毒藥之前制止了她，霍姐姐體內的毒素瞬間消失，反敗為勝，打垮了蚩尤。」

說到這裡，山膏淚流滿面。「但我老人因為體力放盡，再也沒回來……」

「跟夸父一樣力竭而亡？」

山膏哭喊：「不，我們都相信他並沒有死，只是走失在時間迷宮當中。」

「總而言之，你的意思是，姜無際也有夸父那種穿梭時間之流的神通。」呂宗布道。「如果有他在，他就能回到今天凌晨，制止皇上打開女媧寶盒，那就什麼事情都不會發生了。」

山膏猛點頭：「理應如此。」

燕行空皺眉道：「就算他沒死，但他如何能夠回來？誰又能夠去迷宮中找到他？」

酉時三刻

莫奈何一直呆坐一旁，此時猛地望向文載道：「你射過真正的太陽沒有？」

文載道嚇了一大跳：「我怎敢？」

他擁有的「后羿神弓」於去年四月曾經射下企圖燒焦高麗國的九顆妖陽，但並未射過眞正的太陽。

莫奈何道：「太陽與時間有關，你不妨對著太陽射一箭試試看。」

文載道渾身發抖：「敬天之怒，無敢戲豫。敬天之渝，無敢馳驅。昊天曰明，及爾出王……」

莫奈何唉道：「你還掉什麼書袋，沒時間讓你磨菇了。」

眾人抬頭觀望天色，大約已是酉時三刻，太陽即將下山。

山膏怒道：「反正我們都快要死光了，你就射一箭又會怎麼樣呢？」

文載道不得已，站起身子，端起弓箭，正想射出，一柄短刀突從後面刺入他背心。

是梳雲！

魔性仍然存留在她體內，她忍不住想要替魔王除掉任何一顆絆腳石，刺出這一刀之後，又開始瘋狂大笑。

「妳……」呂宗布既驚又怒，太阿神劍揮出，將她攔腰斬成兩段。

「我對不起大家。」餘人驚愕未已，呂宗布已掉轉劍刃往脖子上一抹，頓即斃命。

戌時正

燕行空飛快的把奄奄一息的文載道揹上了南邊的「廣利水門」。西方的地平線上，太陽只剩下了一點邊緣。

文載道在眾人攙扶之下站起，苦笑道：「我一輩子膽小，臨死前就大膽一次吧。」后羿神弓好似玩具，但全天下只有他能拉得開，他拚盡餘力朝太陽射出最後一箭。

那箭輕飄飄的對準夕陽而去，愈飛愈高、愈飛愈遠，最後在殘陽暈彩中失去了蹤影。

眾人仰頭看天，世界照舊運行，並無半點改變的跡象。

山膏幾近崩潰的喃喃：「難道老大永遠都回不來了？」

夕陽瞬間隱沒，眾人在一片漆黑中下得城樓，「四里橋」上不知怎地起了一層大霧，濃重得像一片遮天蓋地的帷幕。

好不容易穿了過去，忽見橋頭上蹲著一個衣衫襤褸，滿臉鬍鬚，神情茫然的男子，他雖然還很年輕，臉上卻掛著一種歷盡滄桑的古怪神情，宛若已慘然接受過幾十個世紀的磨難。

山膏一楞之後大叫：「老大！」撲過去跳入他懷中。「我們想死你啦！」

此人正是失蹤了大半年的姜無際！

文載道仍被燕行空揹在背上。「我……成功了……」然後就在大笑之中斷了氣。

追日與爬地

眾人把姜無際帶回丐幫大院，霍鳴玉聞訊，不顧身上病痛，從屋內衝出：「無際，我就知道你會回來的。」

姜無際無神的看著她，根本就不認識她。

燕行空道：「他的神智還沒恢復，先讓他休息一下再說。」

霍氏父女和山膏想去攙扶他，他驚嚇的一逕躲避：「你們不要扎我……你們不要扎我……」

霍鳴玉哄小孩子似的柔聲道：「無際，你安全了，別怕，別怕，我們都在你身邊。」

姜無際稍微鎮定了一些些，但仍滿臉驚恐的表情。

莫奈何急道：「他的追日神技只能倒退一天，所以必須在明天的卯時三刻之前趕回去，現在只剩四個時辰不到，他得盡快恢復才行。」

山膏嚷嚷：「老大，只有你能夠改變歷史的軌跡，你一定要清醒過來。」

「我要改變鬼？」姜無際嚇得滿地爬，專找黑暗的角落去鑽。「有鬼！有鬼！這裡有鬼！」

山膏哭了出來：「老大，你是追日神探，不是爬地神探！」

霍連奇原先並不知道女兒鍾情於姜無際，直到今天才和「準女婿」首次照面，不料竟是這麼個廢物，不禁猛搔頭皮。

燕行空嘆道：「此人變成了這樣，還有用嗎？」

亥時三刻

雙魚宮用他的迷魂法迷住了一隊步兵逕奔丐幫大院，並與魔羯宮、獅子宮一起在後壓陣。

音兒重傷之餘，仍運功護院，暫時擋住了步兵，但對三個魔王來說，護院水牆並無大用。

獅子宮率先跳入，燕行空舞盾迎上；莫奈何祭起蓋天印只管砸向魔羯宮；霍鳴玉奮起全力迎戰雙魚宮。但他們都有傷在身，戰鬥力遠不如平常。

音兒運功已到了油盡燈枯的地步，眼見情勢險峻，心中發急，一口鮮血狂噴而出，就此氣絕。

音兒一倒下，水牆自然消散，禁軍便殺了進來，聚集在院中的百姓、乞丐與流浪貓狗全都亂嚷亂竄。

莫奈何見大勢已去，忙呼喚大家：「快退！」

霍連奇扛著姜無際率先奔出大院，霍鳴玉等人隨後。

黑暗中一片混亂，誰都看不見誰。

魔羯宮眼尖，覷準了霍鳴玉龐大的身軀，正要把手中漁網撒過去，一個人從後面跳上了他的背。

「我們好不容易掙來的大院被你毀了，你這天殺的混蛋！」

此人正是浣熊妖變成的丐幫幫主芝麻李，他雖然只剩一隻不太靈活的右手，但那浣熊爪子仍把魔羯宮抓得遍體鱗傷。

獅子宮一爪抓下芝麻李，雙魚宮用扇子打破了他的頭。

子時正

莫奈何等人跑出「小巷口」，轉入「橫大街」，再奔上「保康門街」。

霍連奇道：「我們只好先回形意門總部，也許還能抵擋一陣。」

燕行空一揮手：「你們先走，我負責斷後。」

莫奈何知他有了必死之念，想要勸阻：「燕大哥，跟我們一起……」

燕行空厲喝：「快走！」

等他們離去之後，燕行空縱身上了屋頂。他身上的傷口又裂開了，火一般的血流在屋頂上，很快的就延燒到沿街的整排房子。

魔羯、獅子、雙魚三個魔王追來，只見燕行空魁梧的身形直挺挺的站在大火之中，活像一尊集宇宙一切憤怒於一身的天神。

「這傢伙眞難纏！」獅子宮口齒不清的說，生平首次不敢當先爭鋒。

燕行空振聲大笑：「快過來啊，老子在這裡等你們好久了。」

三個魔王面面相覷，都洩露出了心裡的遲疑。

燕行空不屑的呸了一口：「不過是這種角色，還來逞什麼狠？」

將身一縱，猛撲而來。

雙魚宮見他如此勇悍，嚇得轉身就逃。

燕行空擲出手中銀盾，呼嘯迴旋，正中雙魚宮後背，打得他半個身體都不見了，只剩兩條魚尾在地下撲騰。

燕行空已無兵刃，仍不減來勢，淩空一腳把獅子宮踢翻了幾個大觔斗。

魔羯宮撒出漁網，罩住了燕行空，但沒能止住他的衝撞之力，被燕行空一肩膀撞在肚子上，頓即鮮血狂噴。

他忍住劇痛，拚命收束漁網，終於讓燕行空巨大的身軀消融於漁網內。

魔羯宮恨恨道：「獵到了這隻獸，就算我們大獲全勝了。」

獅子宮渾身都是傷，嘴巴可還能硬：「對啊，就算我們只剩兩個，也是贏了。」

丑時正

莫奈何、霍氏父女、姜無際與山膏來到形意門總部，整座宅子空蕩蕩的，圍牆又不高，當然無法防守。

山膏道：「先找個地方把老大藏起來。」

霍連奇沒好氣：「你還把他當個寶？我們根本不可能倚賴這個廢物。」

霍鳴玉瞪了父親一眼：「他對你來說也許是廢物，但對於我們可都意義非凡。」

山膏也把鼻子一噘：「沒錯，老大就是我們的寶。」

姜無際望著他倆，目光逐漸有了焦點：「妳……？你……？」

莫奈何道：「總算有了點進展，找個隱祕的地方讓他多休息一下。」

霍鳴玉想了想：「倉庫最好。」和莫奈何一起把姜無際扶了進去，裡面堆滿了雜物與十幾個大木桶。

山膏前後左右的忙，不小心拱翻了一個木桶，裝在裡面的黑色粉屑灑了滿地。

姜無際興奮大叫：「黑的！我看見黑色的東西了！」

「終於可以說出一句完整的話。」山膏喜道。「老大，爲什麼喜歡黑色的東西？」

霍鳴玉蹲下身子，抓了把粉末細細一瞧，聳然一驚：「這是火藥！」再一翻查其他的木桶，全都裝滿了黑色火藥。

莫奈何怪問：「你們的總部裡怎麼會有這種東西？」

霍鳴玉百思不解的楞住了。

寅時六刻

魔羯宮和獅子宮雖都傷得不輕，終究尋了過來。

霍連奇獨自一人站在練武場上：「老夫陪你們過幾招。」

獅子宮又欲爭先：「這隻老獸就交給我了。」

魔羯宮冷笑：「當然囉，正印先鋒所為何事？」

獅子宮早已扔了那柄鳳翅鎏金鏜，扠開利爪猛撲上前。

霍連奇也有了拚死的決心，鐵拳連發，毫不退讓。他雖是凡夫俗子，但天生鐵骨神力和幾十年形意拳的造詣仍有獨到之處。而獅子宮已然渾身是傷，跟他對戰並不輕鬆。

霍鳴玉、莫奈何聽見外面響動，都衝了出來。

霍鳴玉立刻脹大身軀，奔去幫忙父親。莫奈何則祭起蓋天印，打向魔羯宮。他背上的傷口愈發惡化，蓋天印的威力也就愈弱，魔羯宮一面從容閃躲，一面桀桀怪笑：「小獸，認命吧！」

那邊廂，霍氏父女漸趨下風。

霍連奇被獅子宮一爪抓毀了半邊身子，霍鳴玉慌忙來救。她的胸腔內本就已極端窒悶，此時還要硬挺著化身爲巨人，使得她完全力不從心，沒兩下就被獅子宮打倒在地。

獅子宮自有他的傲氣，不願意欺負受傷跌倒的霍鳴玉，逕撲霍連奇，再兩爪，把他撕成碎片。

「爹！」霍鳴玉絕叫奮起，掙出最後的力氣跳到獅子宮的背上，左手摳住他的脖子，右拳不顧高低的只管往下砸。

獅子宮發出厲吼，使出貓科動物的最後絕招，將身滾倒，前爪撓、後爪踢，嘴巴雖已被燕行空的血燙傷，仍張口亂啃。

霍鳴玉死也不鬆手，兩人滾在地下扭打纏鬥，弄得渾身幾百道傷口，鮮血流了滿地。終於兩個人抽搐著，然後就都不動了。

卯時正

莫奈何已傷重癱瘓，蓋天印當然已祭不出去。

魔羯宮悠悠哉哉的走過來，收走了他的蓋天印。

莫奈何欲哭無淚：「人類沒有得罪你們，你們爲何如此趕盡殺絕？」

魔羯宮厲聲喝叱：「你們已經把自己居住的星球摧殘得一塌糊塗，還怪我們來毀滅嗎？」又狠狠逼問：「剩下的那隻能夠回到過去的獸，躲在哪裡？」

他居然知道還有一個姜無際能夠穿越時空。

莫奈何大聲道：「他就在倉庫裡，他已經恢復了九成功力，打你就像打畜生，你有種就進去找他。」

他大聲嚷嚷的目的，不外提醒山膏快點把姜無際從倉庫後門拖出去。

魔羯宮冷笑：「他若行，還會不出面？」

「那你就進去找他啊。」

魔羯不是天蠍，不會多疑；也不是獅子，不受激將。他冷靜的想了想，一把拎起莫奈何：「你帶我去。」

他曉得這些獸沒有不怕死的，會跟敵人同歸於盡的獸太少了。

兩人進入倉庫，莫奈何對著那堆大木桶叫道：「姜總捕，快出來吧。」

魔羯宮閃身便撲向木桶後面，卻沒看見什麼人，一眼瞥見莫奈何掙扎著晃燃火摺，即刻心生警覺：「你幹什麼？」

莫奈何笑道：「這裡太黑了，你看不見，我幫你照亮還不好嗎？」

下一刻，「絲絲」聲響，一縷火光燒向堆在一起的大木桶。

莫奈何大笑：「魔頭，讓你見識一下人間最厲害的東西。」

火藥發明於唐代，於宋朝時集大成，十二星宮魔王當然不曉得這是什麼玩意兒。

魔羯宮鄙夷末已，一陣超乎他想像的空間大爆裂已將構成他身體的光束全都炸碎了。

「這沒什麼道理呀？」在他化爲齏粉之前，兀自不解的嘀咕著。

卯時二刻

當大爆炸發生的時候，山膏已把姜無際拖到了總部外的空地上。

姜無際被那轟然巨響震得蹦起老高：「哇呀呀，那是在幹嘛？過年放爆竹？」

山膏大喜：「老大，你終於回神了？」

姜無際遊目四顧：「這是哪裡？」

「你回家了。」

「我的家？在洛陽。」

「唉，都一樣，反正就是人間嘛。」山膏追問。「你到底去了哪裡？」

「我只記得我被困在一個地方，那裡是全白的，不管什麼東西都是白的，連我自己都是白的！」

山膏恍然：「所以你剛才看見黑色的東西就代表你回到正常的世界。」

「我不知被困了多久，都快發瘋了。後來忽然有個東西扎進來，把那片白色扎破了，我就掉了出來。」

文載道的那一箭果然射破了時間迷宮。

「那你現在還能再追日嗎？」山膏急道：「現在只能靠你了。」

「什麼意思？」

山膏飛快的把今天發生之事說了一遍。

姜無際怔住半晌：「你的意思是，我還要再去跑那個時間迷宮，把一切都回復過來？」

「對啊。」

姜無際又蹦得半天高：「你別開玩笑，我好不容易才脫出了那個恐怖的地方，你又要我回去？我才不去，我死也不去了！」

山膏挺胸教訓：「老大，什麼是英雄，就是不顧一切的拯救世人！」

姜無際瞪眼：「我拯救他們幹嘛？我又沒欠他們的錢。」

山膏語塞，低頭想了想，竟也同意他的觀點：「唉，也是啦，當什麼英雄？無聊！我們躲到山裡去過我們的日子。」

「走。」

姜無際抱起山膏，當眞要走，一邊問著：「鳴玉呢？」

山膏大哭：「姐姐她……已經死了！」

姜無際驚得停住步伐：「這怎麼可以？」

「那你打算怎麼辦……？」山膏的話還沒說完，就「撲通」掉在地下，跌得屁股生疼。

姜無際早已沒了影兒。

再回時間迷宮

姜無際眼中的時間，跟大家都不相同。

大家都說時間如流水，但在姜無際眼裡，它是全然靜止不動的。

他發足狂奔，並沒有奔過什麼森林、山河、大地，而只是奔過一條條黑色、白色的格線，一根根粗標竿、細標竿，以及一個個或方或圓或三角的框架。

他輕快的穿梭在這些東西當中，宛如一支洞穿宇宙玄奧的尖針。

回到卯時三刻

四月十五日清晨，卯時三刻。

文武百官都恭立在垂拱殿內，準備送上皇子誕生的賀詞。

趙恆在走向大殿的時候，腦中充滿了詭異血腥的影像，既眞實又遙遠。「從來沒做過這種惡夢，眞是奇怪。」

他心裡嘀咕，但仍滿臉微笑的走入殿中，手上摩挲著那塊金剛石。

顧寒袖在行列中看見，矍然大驚：「怎麼小莫已經把女媧寶盒送進來了？」

他正想衝上前去警告皇帝，相當於副宰相的「參知政事」鮑辛已搶在前面，跌跌撞撞的跑向趙恆，口裡嚷著：「皇上，微臣有急事稟奏……」

他話還沒說完，趙恆的手指已摸上金剛石底部。

就在這時，姜無際從空中跳了下來，一把搶過金剛石。「這東西不能碰。」抖腕一抛，把那金剛石抛上了屋樑，再也沒人能碰到它。

百官大驚：「有刺客！」

姜無際不想開口辯解，所有的危機都解除了，他累得癱在地下，心頭一片愉悅，這大概是他最成功的一次穿梭時光之流了。

然而，任何人都想不到的狀況緊接著發生——

已經逼近皇帝身邊的鮑辛從袍袖中抽出小刀，一刀刺入趙恆胸膛，頓即氣絕身亡。

滿朝文武都嚇呆了。

姜無際更爲驚詫。他制止了魔王現身，卻讓人間的奸臣得逞！

轉向的命運

鮑辛回身厲喝：「『殿前指揮使』万齊方何在？」

万齊方越眾而出：「下官在。」

「趙恆荒淫暴虐，吾替天行道，已誅殺此獠，百官若有不服者，立斬無赦。」

「遵命！」万齊方拔出預藏的利刃，兇狠的瞪視百官。「誰敢不從？」

顧寒袖當先衝了出來：「吾跟汝等拚了！」

他雖是個書生，但經過這一年多來的生死歷練，膽氣粗豪了不少，此時不顧一切的想跟惡人廝鬥。

万齊方大笑：「就憑你？」起手一刀就把他劈成兩段。「還有誰不服的？」

副指揮使徐柑挺身上前：「亂臣賊子，豈敢張狂至此？」

万齊方笑道：「好啊，不差你一個。」一刀把他也砍了。

鮑辛森冽下令：「你即刻率領禁衛軍進入開封城，殺光所有的老弱婦孺，只留十八到四十歲的壯丁，然後把他們全都編入行伍。」又喚：「樞密使何在？」

掌管全國軍隊的「樞密使」寇世雄冷臉不答，一把短刀已從後面刺入了他的心臟。

殺他的人是「太常寺卿」駱伯和，原來他也是鮑辛的黨羽。

鮑辛笑道：「樞密副使，你升官了。」

那副使哪敢再說半個字。

「通令全國各地的廂軍，比照辦理。總而言之，殺光所有不能當兵的人，把能夠當兵的全部編入軍隊。」

副使連連點頭，文武百官都震驚得說不出話。

相當於宰相的「同中書門下平章事」柴鎔抗聲：「你到底想幹什麼？」

「朕要建造一支最強大的軍隊，征服全世界，殺光全世界的人！」居然已自稱為「朕」了。

鮑辛臉又一板：「想必還有人不服，不服的站到右邊去。」

以柴鎔為首的元老重臣都大義凜然的站到了右邊。

万齊方衝過去一陣亂刀，把他們全都殺了。

一干佞臣立馬顫抖著俯伏在地，山呼「萬歲」。

「起居舍人」蘇透也跟著他們一起下跪，心裡則不停的打著算盤。

鮑辛道：「駱伯和，你現在是『同中書門下平章事』，這個刺殺趙恆的刺客就交給你處理了。」

順便把暗殺趙恆賴到姜無際頭上，正是一石二鳥。

姜無際剛剛在時間之流裡來回跑了兩趟，早已累得癱在地下動彈不得，只能連聲嘆氣：「可笑，十二星宮魔王的出現，反而掩蔽了你們這些人的眞面目。」

「你還胡說八道些什麼，先把他關入天牢，」駱伯和居然已有宰相架式。「擇期斬首示眾，昭告天下。」

姜無際被幾個禁軍抓著就走，完全無力反抗。

發動總機關

四十多年來，被大宋各代皇帝奉養在天章閣內的老頭兒莫想通聽得垂拱殿那邊傳來不尋常的騷動，正想掛起「蠢貨，老夫豈會坐以待斃」的布條，鮑辛已帶著幾個士兵走進來，邊自輕笑著：「莫想通，你要去哪兒呀？」

莫想通暗驚：「你怎麼會知道這個祕密？」

鮑辛笑道：「有一次趙恆大宴群臣，說溜了嘴，其他人都沒聽見，我可留上了心。」

「你想幹什麼？」

「把防衛皇城的機關總樞紐打開。」

莫想通冷笑道：「各代官家把我養在這裡，我只聽官家一個人的命令。」

「趙恆已死，我現在就是皇上。」

莫想通兀自冷笑：「原來是個亂臣賊子。」

鮑辛翻臉：「你要不要命？」

「老兒當然要命。」莫想通轉而嘻皮笑臉。「老兒的機關天下無雙，但用來保護賊子嘛，可不一定保護得住，因爲要殺賊子的人太多了，什麼機關陣勢都沒用。」

「廢話少說。皇城周圍到底有什麼機關？」

莫想通如數家珍：「宣德門有毒水陣，左掖門有火球陣，右掖門是滾油陣，東華門有神臂弓陣，晨暉門則是鐵鉤陣，西華門有火砲陣，天波門有土陷陣，北面的拱辰門是擂木陣。」緩了口氣，又道：「內廷的銀台門有鐵索陣，嘉肅門有鐵網陣，會通門是鐵抓陣，長慶門是迷魂陣，正中央的金水橋上還有專打從高空入侵的穿雲砲陣，垂拱殿的四周則布滿了鐵盾陣與各種機關，一觸即發。」

「好，你就把所有的機關都打開。」

莫想通磨磨蹭蹭的走到一個壁櫃前，打開了所有機關的總樞紐，整座皇城變成了一座永世攻打不破的堡壘。

莫想通打了個呵欠：「我已經九十五歲了，早已厭倦了人世間的你爭我奪，你們盡量去搞鬼吧，我只想睡個大覺。」

鮑辛惡笑：「還沒完呢，你要把坤寧宮的密室機關也告訴我。」

忙碌當中。

後宮的嬪妃、宮女、內侍都還不知外朝發生了什麼事，兀自沉浸在皇子誕生的喜悅與

後宮慘劇

驀見駱伯和帶著一隊禁軍走了進來。

十幾名內侍氣洶洶的攔住他們。「你們是什麼人？竟敢擅闖禁宮，敢情是活膩了？」

禁軍兵士手起刀落，把他們都砍了。

宮內所有人都驚呆了，動彈不得。

駱伯和掃視嬪妃、宮女，露出輕蔑嫌惡的表情：「宮裡的美女沒幾個，還不如『春滿園』哩。」扭頭吩咐士兵。「統統都給我殺了！」

帶隊的都虞候發問：「內侍要留下嗎？」

「留那些沒卵蛋的傢伙幹什麼？統統殺！」

士兵們進入每一座宮殿，搜遍每一處角落，每一個人都難逃毒手。

劉娥在坤寧宮內剛準備就寢，聽得外頭響動，正自狐疑，內侍押班何喜氣急敗壞的跑進來：「殿下，大禍臨頭了，快躲起來！」

剛剛產下皇子的李淑忱是劉娥的貼身宮女，就住在宮殿後的房間裡。

劉娥狂奔過去，先抱起嬰兒，再拉著母親，跑向偏殿的一個角落，拉開一扇屏風，地

下兩塊青石板左右移開，露出了一個密室入口。

駱伯和已從外面衝入：「別想逃！」

劉娥已扯著李淑忱進入地下密室，再一拉洞冂機括，兩片青石板便闔上了。

李淑忱嚇得渾身發抖，連哭都哭不出聲音。

劉娥安慰著說：「官家曾經告訴過我，這密室建得非常牢固，妳不用擔心。」

李淑忱顫聲道：「外面到底發生了什麼事？官家的性命還在嗎？」

劉娥抱緊嬰兒：「我們拚了命，也要保護這孩子不受到任何傷害。」

但過不了一刻，密室的石門自動打開，鮑辛探頭進來：「還想躲嗎？出來吧。」

劉娥與李淑忱無奈，只得抱著嬰兒走出，轉瞬便都屍橫當場。

辰時正

莫奈何度過了一個充滿了屍體與血水的夜晚。

昨夜被梳雲灌了不少酒，清早醒來，頭還在不停的發暈。他坐在床沿，腦中盤繞著許多片片斷斷、混亂至極的畫面。他看見自己死了，梅如是死了、櫻桃妖死了、燕行空死了、文載道死了……鼻中甚至還殘留著火藥的氣味、血液的氣味、整個城市都腐爛了的氣味。

他心中嘀咕：「怎麼會做這種夢？非常不真實但又非常真實。唉，可真邪門。」

他起身出門想去吃早餐，遲疑片刻之後，又回身取了國師大印帶在身上。

他搖搖晃晃的走上馬行街，想去「雞兒巷」張家買幾塊油餅。才剛步出街口，就見形意門的張小袞迎面走來。

「練完拳了？」

「我家大小姐的身體這半年多來一直不太舒服，好不容易找到獨勝元堂的靳大夫，說是有藥可醫，配了十幾天才配好，叫我今天來拿。」

「獨勝元堂順路，我陪你走過去。」

兩人邊走，又聊了一下霍鳴玉的病情。

張小袞心不在焉的直搔腦袋：「我昨天晚上做了個很可怕的惡夢，我就在藥鋪裡被一群亂兵砍了。」

「我也做了一些很不好的夢……」

兩人說著說著，來到獨勝元堂前。

驀然慘叫聲四起，一隊禁軍衝上大街，見人就殺。領隊的都虞候帶著幾名士兵衝入藥鋪，先一刀把五十餘歲的靳大夫殺了，然後又亂砍藥房裡的老伙計。

「你們幹什麼？」張小袞衝了進去。

都虞候把他上下一瞅，扭頭吩咐士兵：「這人還年輕，把他抓了！」

兩名士兵就想動手，張小衰一式「野馬分鬃」，把他倆打退了好幾步。

「你找死！」都虞候從他背後一刀砍下，當場斃命。

莫奈何既驚又怒，大喝：「你們怎麼可以亂殺人？」

都虞候又指著他叫：「把這個抓走！」

士兵如狼似虎的撲過來，莫奈何掏出國師大印：「誰敢動我？」

都虞候陪笑：「原來是『八印國師』小莫道長。」

莫奈何眼見情勢怪異，忙問：「你們想造反？」

「這是皇上親自下的命令，殺光老弱婦孺，只留丁壯，編入行伍。」

莫奈何大驚：「怎……怎麼可能這樣？」

都虞候壓低聲音說：「不止如此，聽說這命令已經下達全國，一體遵行。」

就在這時，万齊方率領勁騎來到。

莫奈何一向不喜歡這個「殿前指揮使」，迎上前去問道：「這確實是官家下的命令？」

万齊方道：「有一個名叫姜無際的刺客刺死了皇上，現在已由鮑辛鮑大人登基爲帝。」

莫奈何驚得大叫：「這是篡位！」

万齊方把臉一板：「剛才在垂拱殿內，不服從新皇的官員統統都被殺了。你若敢反抗，我也不認你這國師。」

了。」

言畢，率隊離去。

那個都虞候悄聲道：「國師快躲回家去，如果你再被什麼隊伍碰到，我也保不住你了。」

形意門總部

莫奈何發足狂奔，先跑到距離最近的形意門總部。

一隊禁軍正擠在練武場內，霍鳴玉已變身成爲女巨人，把帶隊的「都頭」一拳打死，再朝著士兵們發一聲吼：「還不滾嗎？」

嚇得那些禁軍爭相往外奔逃。

莫奈何好不容易擠入練武場，遠遠聽得形意門的大弟子厲鋒道：「大兵一定會繼續湧至，我們快加強防務。」

霍連奇掃視練武場一眼：「我們這裡圍牆不高，人手又不夠，恐怕守不住。」

莫奈何心想：「丐幫大院倒可以當成避難處。」但因距離太遠，話沒能說出口。

又聽厲鋒爭執著說：「我們的根本在這裡，奈何放棄？也沒別的地方好去。」

霍連奇想了想：「不管怎麼樣，先把重要的東西收拾好了再說。」

厲鋒的真面目

兩人一前一後的走入大廳，霍連奇走在前面，厲鋒跟在後面。

一個來不及逃走的虞候躲在門洞裡，情急之下，一刀砍向霍連奇後背，霍連奇久走江湖，哪會讓人輕易得手，身體往前一撲，左腳後踢，正中那虞候心窩，登即氣絕。

霍連奇剛剛站直身子，就見厲鋒撿起那虞候的鋼刀，一邊笑道：「師父眞好身手。」在冷不防的瞬間，一刀刺入霍連奇胸膛。

霍連奇面現不解的神色，然後就倒了下去。

厲鋒把鋼刀放回虞候手中，假裝淒厲的開聲大吼：「師父！師父！」

形意門眾人都奔了進來，驚詫莫名。

霍鳴玉撫屍大慟。

「那廝躲在門洞裡偷襲，太可惡了。」厲鋒假哭著說：「師父跟我說的最後一句話是：我們不能放棄形意門的總部，一定要堅守在這裡。」

霍鳴玉因爲父親猝逝，當然也不願意在這個節骨眼兒上棄守家園。

厲鋒便走到練武場上，大聲宣布：「我們要堅守此處，並號召各路英雄豪傑來這裡會合。」

再次護梅

梅如是在「軍器監」的作坊內聽見外頭人聲喧噪、馬蹄雷滾，心中正自狐疑，莫奈何已三步併一步的衝了進來：「梅姑娘，快跟我走。」

「外面怎麼了？」

「皇上被姜無際刺殺，鮑辛乘機篡位，要殺光所有人。聽說顧兄也被殺了。」

梅如是驚呆半晌，在莫奈何的催促聲中才清醒過來，把自己最得意的幾柄寶劍帶在身邊。

這次因是要往形意門總部集合，便從後門走出，朝著「大巷口」跑去。

街巷裡滿是百姓屍體，連小孩都難以倖免。

梅如是切齒道：「那個奸臣太可恨了，不如我以獻劍之名，進宮去刺殺他。」

「這太危險了，等大伙兒聚集在一起，總會商量出一個辦法。」

兩人剛出巷口就遇上一隊十餘人的禁軍隊伍。

「站住！女的殺了，男的抓去當兵！」

莫奈何取出大印一晃：「我是八印國師，誰敢動手？」

卻哪有人理他？揮戈舞刀的殺了過來。

梅如是把「湛盧劍」拋給莫奈何，自己則抽出了「鶖駕寶劍」。

兩柄寶劍將禁軍的兵器削得斷了滿地。

這隊禁軍之中有幾個弓兵，退後放箭，幾支勁箭直射梅如是。

梅如是沒有劍客的身手，怎當得了弓箭的襲擊？

莫奈何見她命在旦夕，哪顧自身安危，和身撲過去擋在她身前，硬挨了三箭。

莫奈何渾身是血，兀自奮勇持劍進逼。

禁軍們被他這兇狠的模樣嚇著了，狼狽退走。

梅如是連忙察看他的傷口，雖未被射中要害，但也深入胸腔，甚是駭人。

「小莫哥，你還好吧？」梅如是震悸落淚。

莫奈何其實痛得要死，但不想讓她擔憂，折斷了露在外面的箭桿，強笑道：「沒事，我們快走。」

再次集合

兩人來到進財大酒樓，整棟建築已陷入一片火海，房客、酒女、伙計紛紛往外奔逃，邢進財站在店前，痛心疾首的大聲號啕：「我的酒樓我的命，我的財富我的血……」

莫奈何喝道：「你還想錢？快召集你們刑氏家族！」

假扮成燕行空的夏耕之尸與梳雲被大火燒得狼狽逃出。

莫奈何一把抓住梳雲，厲聲質問：「妳帶來的那塊金剛石就是女媧寶盒。妳說，鮑辛弒君篡位，跟十二星宮魔王有沒有關係？」

梳雲一頭霧水：「誰是鮑辛？我聽都沒聽說過。」

邢進財疑心頓起，一把抓向梳雲肩頭：「總之，妳一來就沒好事，先拿住妳再說。」

夏耕之尸伸手擋下：「大叔，不要誣賴好人。」

邢進財跳腳：「你還幫她說話？你倆是不是有什麼不正常的關係？」

梳雲放聲狂笑：「沒錯，他就是我的情人！」

夏耕之尸假作苦笑：「抱歉，我沒辦法……」拉著梳雲跑向街尾，失去了蹤影。

邢進財從懷中掏出一支令箭，往天上一拋，沒過多久，以刑飛為首的刑氏後裔統統趕至，崔吹風也帶著音兒趕來了。

莫奈何道：「大伙兒都到形意門總部會合，商量出一個辦法。」

梳雲沒發狂

夏耕之尸拉著梳雲在小巷中狂奔。

梳雲邊跑邊發出「嘰嘰嘰」的怪笑。

夏耕之尸道：「梳雲，妳要去哪裡？」

梳雲猛可止步。因為女媧寶盒沒有打開，她的心智逐漸恢復正常，茫然望著四周：「我在幹什麼？」

夏耕之尸上前摟住她的肩膀，邪笑道：「妳可想跟我遠走高飛？」

梳雲推開他，既懊惱又困惑：「我……這些日子我究竟做了些什麼事？」

夏耕之尸只得又裝出正義凜然的模樣：「那我們回去跟他們會合？」

梳雲猛搖頭：「現在我怎麼去面對他們？」煩躁的跺了跺腳。「讓我一個人靜靜。」轉身就跑。

夏耕之尸發出幾聲陰笑，掉頭走回進財大酒樓，心中暗自納悶：「為何十二星宮魔王沒有發動，卻發生了什麼奸臣鮑辛篡位？這到底怎麼回事？」

老大回來了！

莫奈何帶著眾人來至形意門總部，並將附近還沒被搜殺的百姓全都帶了過來。

百姓們議論紛紛：「昨天晚上做了個惡夢，好可怕！……對啊，我也是！……我做夢就夢到兵士亂殺人，今天果然如此！……」

莫奈何喘過一口氣，正好看見小紅豬山膏在練武場上胡亂遛達，便叫住牠：「剛才忘了告訴你們，姜無際總捕出現了。」

山膏一怔之後，興奮得跳上莫奈何肩膀：「我老大回來了？你說的是眞的嗎？」

莫奈何被牠壓得哇哇叫：「死小豬，我快扁掉啦！」

「老大回來了！老大回來了！」山膏一路歡躍的衝入霍連奇房中。「我的老大回來啦！」

霍鳴玉守著父親的屍體，雖在極度的悲痛之中，但得著了這個消息，仍露出一絲笑容。

莫奈何隨後進入：「我還沒說完，姜無際被指爲兇手，關進了天牢。」

霍鳴玉、山膏都一驚。「他殺了誰？」

「皇上！」

兩人都大叫：「這怎麼可能！」

莫奈何沉吟：「聽說情況是這樣：姜無際刺殺了皇上之後，鮑辛乘機篡位……」

霍鳴玉大叫：「這一定是鮑辛的毒計！」

莫奈何同意：「所以我們要先搞清楚狀況。」蹲下身子，猛敲地面。「羅公子、陶大器，你們來了沒有？」

須臾，地面鬆動，羅達禮與幾千個菌人鑽了出來，都在討論著昨夜的惡夢。

莫奈何道：「我曉得你們進不了皇城，但是進入天牢總可以吧？」

陶大器拍胸脯：「天牢不難，只消一個時辰就挖穿了。」

「你們趕快進入天牢，裡面關著一個名叫姜無際的人……」

菌人們都大叫：「我們當然知道他，天下第一神捕嘛。咦，他不是早就走失在時間迷宮裡了嗎？」

羅達禮更是一怔：「姜無際回來了？」

陶大器諷笑：「你的情敵回來了。」

原來，羅達禮暗中勾搭霍連奇三姨太的事情被揭穿之後，他與霍鳴玉的婚約告吹，才讓姜無際有機可乘。

此刻舊事重提，羅達禮、霍鳴玉都尷尬不已。

莫奈何唉道：「現在是什麼節骨眼，還有空說這些？你們快去問問姜無際，宮中到底發生了什麼事情？爲何他會刺殺皇上？」

水火戰步兵

正說間，「御龍軍」都指揮使鞠止率領了一千名步兵從大街上衝向練武場。

邢進財急喊：「快守住大門！」

音兒雙手插腰，輕鬆的當門而立，絮聒了一大堆廢話。

酒女春荷急道：「妳別嘮叨了，快拿出妳的本領來！」

形意門總部後方緊靠著汴河。音兒雙手一舉，汴河河水便如一條巨蛇似的環繞著總部院牆，形成了一道六尺高的護城河。

御龍軍的一千名步兵都看呆了。「這是怎麼回事？」

崔吹風抱著琴登上練武擂臺，準備了半天，右手中指一撥羽弦，一道火苗從弦上蹦出，直射御龍軍大旗，把那華麗的大旗燒成了一塊破布。

莫奈何嚷嚷：「崔公子，再燒個東西讓他們膽寒。」

崔吹風小指又一彈文弦，一溜火尖直射鞠止頭盔，「噹」地一聲，把那豹頭圓頂盔燒了個洞，連裡面的頭髮都著起火來。

鞠止嚇得扔掉頭盔，撲滅頭上火勢，拿起一面盾牌擋在身前，大聲下令：「弓兵，放箭！」

御龍軍的弓兵配備的是神臂弓，百弓齊發，每一箭的勁道都能洞鐵穿鋼，擠在練武場上的百姓被射死不少。

刑飛見勢危急，揮手召集三十多名刑天子孫衝出去，立時掀起一片腥風血雨。

同一時間，弓兵隊伍也被一人撞開，正是從後方殺到的夏耕之尸，他鐵拳縱橫四擊，打得弓兵抱頭鼠竄。

鞠止勇悍的揮刀砍向夏耕之尸，早被他一腳踹穿了肚子。

一隊最精銳的御龍步兵就此煙消雲散，退得精光。

夏耕之尸走到刑飛面前，很滿意的拍了拍他肩膀：「金斧銀盾今日方得明主。」

「空叔，這是你的，該還給你。」刑飛恭敬的想把兩件武器遞過去。

夏耕之尸暗中垂涎，表面上仍推辭著：「它們更適合你，你就別太謙遜了。」

音兒驅使水牆開了個口，讓刑氏一族走回總部。

莫奈何迎上前來便質問夏耕之尸：「梳雲呢？」

夏耕之尸假意重嘆不語。

另一個內應

垂拱殿內，御龍軍的副指揮使灰頭土臉的向「新皇」鮑辛報告敗績：「一大群反抗軍聚集在形意門的總部內，其中有幾個能夠施展邪術，端的是厲害非常。」

鮑辛竟似很滿意：「他們全都在形意門會合了？卻正落入吾彀中。」

新任宰相駱伯和膽怯的說：「那八印國師莫奈何的本領大得不得了，恐怕……」

鮑辛笑道：「我正是要藉著他，把那些不服的人聚在一起，我早已安排了內應，可將他們一網打盡。」

駱伯和諂笑道：「吾皇英明，神機妙算，非常人所能揣度。」

鮑辛又道：「你現在就去遇仙正店，那裡有一個黃髮黃鬚的胡人，你要恭敬的請教他，下一步該怎麼做。」

飛車墜

莫奈何等不及羅達禮與菌人回報鑽入天牢的進度，自行登上飛車。

櫻桃妖剛剛在家中睡醒，這時才趕了過來，發現莫奈何胸上的箭傷，痛心驚叫：「你怎麼啦？我一不在你身邊，你就變成這樣！」

「沒事，沒事。」莫奈何一逕敷衍，張開了飛車的風帆。

櫻桃妖罵道：「你急什麼，急著去死呀？」

莫奈何道：「救人如救火，遲疑片刻，說不定就會多死幾條人命。」

「多死幾個人又干你啥事？」

莫奈何怒道：「妖怪永遠是妖怪，一點同情心都沒有。」

「等你死了，看誰會同情你。」

莫奈何不答言，駕著飛車就走，櫻桃妖只得跳上飛車，幾番逼問之後，終於搞清楚莫奈何的傷是爲了救梅如是，不由得把他罵到臭頭：「爲了那個小賤人，你什麼事情都做得出來，自己的性命也不顧了。如果是我受了傷，你會這樣奮不顧身的救我嗎？」

「唉喲，又跟我瞎纏這些？」莫奈何專心的掌著舵。「妳只管幫我注意四周的狀況。」

櫻桃妖賭氣鑽入葫蘆：「你從來都不管我，我爲什麼要幫你？」

飛車很快的飛臨皇城上空，還沒看清下面的情形，已聽一陣巨響，十幾顆斗大的鐵球直轟而上。

這是防守皇城中央的穿雲砲，雖然沒有準頭，但是亂槍打鳥，仍有不小的殺傷力。

莫奈何從未碰過這種狀況，閃避不及，被一顆鐵球擊中底部，整輛飛車爲之解體，莫奈何也從空中摔了下來。

櫻桃妖驚覺不對，忙鑽出葫蘆，但見莫奈何躺在地下，早已沒了氣兒。

櫻桃妖緊緊抱住他的屍體，痛哭失聲：「小莫，你怎麼了？你醒醒，我沒有生你的氣、咒你死啊！你也知道我的嘴巴壞，總是說些屁話，但那都不是眞心的，你快醒過來好不好？我也不要你的元陽了，我只想一直陪著你……」

任憑她再怎麼嘶喊，莫奈何已經聽不見了。

飛車墜落的地點正好就在垂拱殿後方，鮑辛在內瞧覷得眞，與一干奸臣商議道：「摔死的那個人就是八印國師，把他吊在城門樓上示眾，定能收到震懾之效。」

當下命令殿前「天武左廂」禁衛親軍前去撿拾莫奈何的屍體。

禁軍蜂擁而來，櫻桃妖抹乾眼淚，站起身子：「你們想幹什麼？」

她此時的化身是美少女，逗得都指揮使口水直流。「小姑娘，妳守著這塊死肉幹什麼呢？不如跟我回去，包妳享盡榮華富貴。」

櫻桃妖猛發一聲厲嘯，將腰一弓，變成了粗壯大娘，一拳就把那都指揮使打成了肉醬。禁軍呼嘯攻上。

正處於極度悲憤之中的櫻桃妖已不顧一切，拚出了全身眞力，斗大的拳頭狂轟亂炸，哪消多久便將一千名天武左軍打得只剩下三百多個。

殿內百官都嚇壞了。「妖女兇惡！」

鮑辛張皇的拉下機關，垂拱殿的四面降下無數塊鐵板，把大殿圈得跟個鐵桶相似，就算千軍萬馬也攻不進去。

天牢內的瘋子

羅達禮與菌人們沒費多少力氣就挖進了天牢。

陶大器大叫：「姜無際是哪一個？」

犯人們都指著通道盡頭。「大概就是那個瘋子。」

但聞一個人在最後方有氣無力的嘀咕著：「荒唐，荒唐！制住了魔王卻便宜了奸臣，當眞荒唐至極！」

羅達禮走過去，只見昔日的情敵蹺著二郎腿躺在牢房裡，不免有些幸災樂禍。「姜總捕，沒想到你一輩子抓人，今天卻被人家給抓了。」

「喲，是你？」姜無際望著他笑道：「聽說你這敗家紈褲子弟後來居然變成了天下第一大好人？也眞是荒唐。」

羅達禮在父親去世、家道中落之後，竟想以盜墓爲生，因而誤打誤撞的發明了一種半自動的鏟鑽，成爲鑿井的利器，從此造福黃土高原上的窮鄉僻壤，他也變成了百姓心目中的活菩薩。

姜無際兀自不停嘲諷：「爛人也會變成好人，荒唐，荒唐。」

羅達禮心裡有氣，怒罵：「我變好了，你卻愈變愈爛，你爲什麼要刺殺皇上？」

「這事情太複雜，總而言之，你們都已經死過了一次。」姜無際收起嘻皮笑臉。「我現在沒空跟你說得太多，你快回去，叫他們先殺了燕行空。」

羅達禮嚇一大跳：「燕大俠是蓋世英雄，爲何要殺他？」

「他是假的，眞名喚作『夏耕之尸』，他會把你們全部害死。還有，王梳雲的體內仍然留有十二星宮魔王的魔性，必須提防她。」再面向菌人：「垂拱殿的後方有一個比較脆弱的地方，你們可以從那兒挖進皇城。」

羅達禮與菌人並不盡信，但聽他說得頭頭是道，彷彿親身經歷過一般，都暗犯嘀咕：

「他說我們已死過一次，怪不得昨晚老做惡夢。」

洞燭機先

夏耕之尸在形意門總部內煩躁踱步，他一直無法用心電感應聯繫上十二星宮魔王，不知事情出了什麼差錯。

「難道要我自己看著辦？」

他眼見丐幫大院在音兒「水漫天」的保護下固若金湯，便把心一橫，弄了碗熱湯端過去。

「崔夫人太勞累了，先補補身子。」

音兒接過大碗正要喝，夏耕之尸站在她背後，抽出短刀就想刺入她心臟。

音兒霍地回頭一笑：「夏耕大俠，你是姓夏？還是姓夏耕？好啦，也沒什麼關係。我問你，你是不是想暗算我？聽說你已經刺殺過我一次，現在又想如法炮製？大家都說：有一有二就有三，如果我讓你得手第二次，你一定還會暗殺我第三次、第四次，對不對？所以我如果不殺你，就是跟我自己過不去，你說是不是這樣？」

夏耕之尸想不透她怎麼會看穿自己的眞實身分，才只一楞，音兒已反手一指，一股水箭射入他的右乳，也就是他的右眼。崔吹風端坐在高臺上一彈武絃，一股火燄射入他的左眼。

夏耕之尸痛得亂跳，邢進財也衝了過來：「你這腌臢行貨子居然在我拉屎的時候偷襲我，簡直可惡透頂！」

一舉手，整面金算盤敲在他胸上，把他的「腦袋」砸了個粉碎。

淫婆的計畫

梳雲走在大街上，想起自己近幾日的作爲，悔恨萬分，酒癮同時發作，只想痛快的醉上一場。

禁軍到處亂殺百姓，她只得鑽入小巷，看見酒館便進去找酒喝，若是不爽口，就整罈砸了，反正店內都沒人照看，不用付錢。

她來到遇仙正店，先在壁櫃上挑了五罈酒，然後坐下來細細品嘗。

「嗯，總算喝到一點像樣的烈酒了。」

她很滿意的伸開手腳，癱在座位上，突地發現角落中坐著假扮成黃髮黃鬚胡人的淫婆，便大剌剌的發問：「喂，你怎麼沒被抓去當兵？」

「妳怎麼沒被殺掉？」淫婆冷冷一笑。「妳這個引路者爲何會把自己引到這裡來？」

因爲十二星宮沒能出世，梳雲體內的魔性愈來愈弱，她怔了怔：「什麼引路者？」又凝視著溼婆。「你好面熟，我在哪裡見過你？」

溼婆正摸不著頭腦，駱伯和進來了，快步趨前，躬身阿諛：「啓稟國師，大事已成。皇上命令下官前來請教下一步該怎麼辦？」

梳雲笑道：「你有沒有搞錯？國師是莫奈何才對嘛。」

駱伯和瞪眼道：「妳不知道嗎？已經改朝換代了。」

「改朝換代？」梳雲想起剛才的傳言。「難道那鮑辛眞的已經弒君篡位了？」

駱伯和戟指大罵：「大膽，妳這賤婢怎敢直呼聖上名諱？」

梳雲是來向大宋求援的，現在大宋卻滅亡了，她所有的希望豈不都落了空？她氣得一腳踢翻桌子，揪住駱伯和的衣領：「什麼名不見經傳的鮑辛也想當皇帝？你這走狗更可惡，還敢罵我？」十幾記老拳打得駱伯和疊聲慘叫。

溼婆現出本相，隨手一抓就將梳雲逼退兩步。

「你們都是賊子，都該死！」梳雲渾身都是暗器，手腳一陣亂抖，十幾枚寒光齊射溼婆。

但溼婆乃婆羅門教的主神，法力豈止通天，把額頭上的第三隻眼一瞪，梳雲立馬暈厥在地。

駱伯和擦乾了口鼻中的血，再度趨前請教：「國師可要入宮，與皇上討論下一步該怎麼走？」

「我不想去你們那乏味的宮殿。」溼婆森然獰笑。「集中大宋國力滅絕全世界的軍令既然已經傳達下去，我就在這兒等著看後續的狀況如何。」

溼婆又打開一罈美酒，胸有成竹的暢飲開來。

菌人崇拜的對象

關在天牢裡的姜無際並不無聊，陶大器與幾十個菌人仍然留在他身邊，陪他打屁。

陶大器蹲在他的肩膀上，興奮的說著：「一直以來，我們最佩服的人就是你！」

毛大腿掛在他的耳朵上：「對啊，夸父一直被大家當成笨蛋，卻不知其實是他的本領最大。」

彭大奶坐在他的臂彎內：「你一出世，所有的難題都解決了。」

姜無際笑道：「我倒不曉得世上還有你們這些小人兒，你們是女媧大神派人監視人類的？」

「我們菌人騎著一種叫作『蜮』的小狐狸，會含沙噴人，沙子從人類的七竅進入大腦，就能夠把這個大腦中的想法傳送到我們的檔案室，所以我們能夠知道每一個人類的心思，誰想做好事、誰想做壞事，一清二楚。」

姜無際一怔：「只要是耳朵、嘴巴、鼻子進過沙子的人，就表示他已經被你們監視住了？」

「沒錯。」

「沒有被沙子迷過的人類，只怕不多。」

陶大器道：「我們只能掌控大約九成的人類，有近一成的人在我們的檔案室裡沒有紀錄。」

姜無際嘆道：「那奸臣鮑辛就沒被你們監控住，才致有今日之亂。」

菌人們也都嗟嘆連聲。

姜無際想了想，又道：「我再問你們，丐幫大院內有壞人嗎？」

毛大腿一楞：「丐幫大院？爲何問起丐幫大院？」

姜無際蹙緊眉頭：「大伙兒不是都在那兒集合嗎？」

「沒有啊。」菌人們一起回答。「他們是在形意門的總部集合。」

姜無際大驚跳起：「這是誰出的主意？形意門的倉庫裡都是火藥，快叫大伙兒退出去！」

脫出火藥庫

厲鋒將倉庫裡裝滿黑色火藥的桶子全都接上了引線，正想點火。

原來鮑辛就是想用這種方法把身懷異能的群雄盡數殲滅。

忽聽背後一個冷冷的聲音說：「你那桶子裡裝的是什麼？有鳳梨酥嗎？」

厲鋒猛一回頭，黎青、黎翠、霍鳴玉、邢進財等人都已站在他身後。

霍鳴玉強忍悲憤，沉聲道：「二師兄，你當眞成了奸臣的內應？」

厲鋒還想強辯，邢進財一腳踢翻木桶，黑色火藥灑了一地。

厲鋒接下來的遭遇就不用再說了。

阿修羅大法

梳雲悠悠醒轉，發現自己被吊在酒店大廳的大樑上，溼婆仍好整以暇的喝著酒。

「喂，你這番人到底想幹什麼？」

「妳是我的餌。」溼婆輕鬆的笑著。「馬上就會引來一群想要救妳的蒼蠅。」

他話說完沒多久，呂宗布等一干英雄全都來了。

姜無際於「前一天」從莫奈何口中得知梳雲曾在遇仙正店與一名胡人有瓜葛，但並不知道這個胡人就是溼婆。

倒是崔吹風與音兒於去年年底曾在南方邊境對抗過涇婆，大吃一驚：「他怎麼會在這裡？此人極爲厲害，大家留神！」

呂宗布心懸妻子安危，不顧一切的衝了進去，太阿神劍劈向涇婆頭頂。

涇婆把他額頭上的「智慧眼」一睜，噴出一股詭異的火燄，這火霸道至極，能夠殺死所有的神祇與一切生物。

呂宗布哪裡當得這法力，只一眨眼就被燒了灰燼。

吊掛在大樑上的梳雲絕叫：「夫君！」

她已從十二星宮魔王的魔性裡掙脫出來，此刻驚覺自己失去了世上最珍貴的東西，可已太遲了。

崔吹風忙坐下彈琴，音兒則用「水漫天」捲向涇婆。

涇婆去年在「四江口」之戰中，曾經吃過水火雙神的大虧，似乎頗爲害怕，直往後退。

邢進財當即分派：「霍姑娘跟黎氏姐妹留在外面替我們掠陣，我們攻進去！」

邢進財一馬當先，崔吹風、音兒、羅達禮尾隨衝入。

涇婆鼓掌大笑：「大魚都入網囉。」

唸動咒語，整間酒店刹那間起了變化。

原來他早在店內布下了「阿修羅大法」的魔咒，這種大法可以移地縮域，把整片地區從甲地遷移到乙地，站在上面的人當然也就不知所終。

邢進財等人只覺酒店大廳愈變愈小，地面更飛速向下墜落，他們全沒料到這種狀況，都被陷了進去。

在店外守候的霍鳴玉見勢不對，飛身撲來，只抓住了音兒一人。

羅達禮則在被陷進去之前，祭起了女媧的五色石，饒那溼婆神通廣大，也禁不住這一擊，被五色石打中額頭上的第三隻眼睛，一片血色模糊，什麼都看不見了，只得負傷而逃。

縮小的方法

皇城的重重機關不僅阻住了刑氏子孫與形意門子弟的進攻，且讓他們死傷慘重。

霍鳴玉、音兒、黎青、黎翠沮喪萬分的來到皇城外。黎青打氣道：「不管怎麼樣，還是得把罪魁禍首碎屍萬段！」

正說間，梅如是已會同菌人們來了。「他們得到姜無際的指示，已經打通了前往垂拱殿後方的地道。」

陶大器急著接道：「櫻桃一個人在裡頭大戰禁軍，我們得趕快進去救她。」

毛大腿續道：「我們派出了二十多萬隻小狐狸去噴黑沙，但是禁軍的人數太多，毒不勝毒，恐怕支持不了多久。」

霍鳴玉道：「你們的地道那麼狹小，我們怎能鑽得進去？」

彭大奶道：「我們有一種『縮小帶』，把你們團團綑住之後就可以讓你們縮小，但這要耗費半個時辰，而且得忍受切膚之苦。縮小之後再要變回原樣，又得等一個時辰。」

這是唯一能夠進入宮內幫助櫻桃妖的方法，霍鳴玉等五個女子不得不忍痛就縛。折騰了半天，俱各縮小成兩寸。

菌人們檢視她們的武器，霍鳴玉和音兒都是空手，黎青、黎翠則各有八支金針。

陶大器道：「梅姑娘的寶劍我們扛不動。這些針倒是可以帶進去，兩個人扛一支，毫不費力。」

眾女助櫻桃

垂拱殿外廣場上的禁軍愈聚愈多，他們得到「皇上」搶奪莫奈何屍體的命令，不敢不遵。

天武左廂軍被擊潰之後，捧日左廂、天武右廂、骨朵子軍、弓箭軍、弩軍全都來了。好個櫻桃妖，把身子守在莫奈何面前，任憑千軍萬馬輪番攻上，弩、箭、矛、戟直往身上招呼，就是不肯後退半步。

她已遍體鱗傷，櫻桃汁流了滿地，但仍做著殊死格鬥，幸好有許多小狐狸幫忙，毒死了不少禁軍，否則她早就肉散核碎了。

梅如是等人從地道進入廣場，但人都還沒變大，只能暫且躲在角落裡等待，發急的望著櫻桃妖孤軍奮戰。

菌人們都感動落淚。「小妖怪真的很情深義重呢，連小莫的屍體都不讓別人糟蹋。」

櫻桃妖發現她們都進來了，心中大感意外。她跟這些女性豪傑一向不睦，不料她現在身處危難之中，她們全都不顧一切的鼎力相助。「到底還是人類有溫情、講義氣。」振作起精神，抵擋住禁軍的攻勢。

終於熬過了一個時辰，霍鳴玉、音兒、黎青、黎翠陸續恢復正常，黎青、黎翠當先射出十六根金針，射倒了一片最難纏的弩兵。

音兒雙手一指，兩股水箭沖得弓箭兵東歪西倒。

霍鳴玉雖然身體不適，仍奮力現出超級女巨人的化身，把那些手持金瓜鎚的骨朵軍都打成了滿地亂滾的陀螺。

櫻桃妖怪笑：「好咧，讓他們見識一下咱們娘兒們的厲害！」

梅如是的糾結

梅如是不會武術，只能代替櫻桃妖守在莫奈何的屍體前面。

莫奈何面容如常，臉上還帶著一抹淡淡的微笑。

梅如是不免淒苦的想起他倆曾經共同經歷過的許多往事，他倆一起出生入死了好多次，他始終守護在她身邊，她卻從不曾給他好臉色看。

她腦中不知怎地響起了一個女子的聲音：「那個項宗羽對妳特別好嗎？」她回答：「沒有。」那女子又問：「他會爲妳茶不思、飯不想嗎？」她又答：「不會。」「他曾經不顧一切的救過妳嗎？」「沒有。但我相信他一定會這麼做。」「有人曾經這麼做過嗎？」「呃……有。」

梅如是聳然一驚，怪忖：「什麼人在跟我說話？大白天的難道還會做夢？」

而那女子的聲音仍在她耳邊不停的迴盪著：「沒有經歷過生死患難的愛情都不偉大……都不偉大……都不偉大……」

「眞的這樣嗎？」梅如是心中百轉千迴。「她的意思是，一定要等到小莫死了，才發覺他的好？」

她細心的整理莫奈何的屍體，又看見他胸口上的箭傷。早上他爲了保護她，奮不顧身的挨了三箭，然後還勇闖禁宮，落得此等下場。

「小莫哥，你怎麼老是不懂得照顧自己呢？」

她輕撫著他的傷痕，淚水決堤般的滾落下來。

水灌金鑾殿

五個女將把五千多名禁軍都打跑了。

櫻桃妖走到鐵桶般的垂拱殿前，厲喝道：「害死小莫的混蛋快給我滾出來！」

閉鎖在裡面的鮑辛與文武百官嚇得雞貓子嚷嚷。

鮑辛強顏作態：「別怕，他們攻不進來的。」

「起居舍人」蘇透本想奮起抵抗，但殿內仍有十多名禁衛親兵，使得他不敢輕舉妄動。

音兒在殿外觀察了一下形勢，哼道：「那些狗東西躲在裡面就以為沒事了？有沒有聽說過甕中捉鱉？知不知道什麼叫作自尋死路？懂不懂什麼是……」

櫻桃妖氣道：「妳少說兩句成不成？」

皇城內有「金水河」流過，音兒雙臂一舉，河水翻騰上天，然後朝著垂拱殿衝去。

莫想通建造的鐵板門窗再怎麼嚴密，也無法阻止水的滲透，況且這水又奇了，竟不會淹上廣場，只湧著垂拱殿打轉，一尋著縫隙就往裡頭鑽流，偏又不會流出來。

殿內的水愈淹愈高，再過不了片刻，就將漫過頭頂。

蘇透眼見機不可失，指著鮑辛大喝：「此時不擒殺此獠，更待何時？」

鮑辛忙指揮親兵：「快殺死那個逆賊！」

「你才是逆賊！」蘇透厲吼：「難道你們都想被淹死在這裡？快抓住他，打開機關，把水放出去！」

文武百官與親兵們一想也對，一起圍住鮑辛。「皇上……不，逆賊！打開大殿的樞紐在哪裡？」

鮑辛還不肯說，蘇透揪住他衣領，把他的頭按進水中：「你不說，我現在就淹死你！」

鮑辛無奈，只得按下機關樞紐，殿門大開，水都流了出去。

霍鳴玉等人進入大殿，櫻桃妖迫不及待的喝問：「是誰殺了我的小莫？」

文武百官都指著已被擒住的鮑辛，

櫻桃妖提起鮑辛往上一拋，等他頭下腳上的落下時，抓住他的雙腳，左右一撕，活生生的把他撕成了兩爿。

百官顫抖著俯伏在地，連頭都不敢抬。

誰來當皇帝？

姜無際從天牢裡出來了，一搖三晃的進入垂拱殿。

他很想抱住霍鳴玉一訴衷曲，怎奈眾目睽睽，只索作罷，把滿腔熱情轉移到山膏身上，將牠緊緊抱在懷裡，一人一豬又親又吻，鬧得不可開交。

櫻桃妖跑過來，一把抓住他：「姜總捕，他們都說你能回到過去，你能再回去一次，救救我的小莫？」

姜無際萬分疲憊的苦笑：「我每跑一次，要休息七天，現在才過了一天不到，哪有辦法再跑一趟？」

櫻桃妖跟禁軍鏖戰半日，早已精力放盡，一聽這話，瞬即雙眼翻白，暈倒在地。

蘇透忙道：「姜大俠，皇上被那奸賊殺了，務必請您救皇上一命。」

黎翠也說：「百姓何辜，受此荼毒，你必須一救。」

姜無際瞪眼：「我救他們幹嘛？我又沒欠他們的錢。」

眾人都嚷：「喂，你怎麼可以這樣咧？你不是大俠嗎？」

「什麼大俠？我只是個色痞子。」姜無際一逕搖頭：「我才不管什麼大宋、什麼全人類，我決不再跑一趟，萬一又陷在時間迷宮裡，太恐怖了。」

不管大家提出什麼理由，只是不允。

音兒氣極了，運起水漫天神功就想射穿他的頭。

霍鳴玉匆忙勸住。

蘇透搔頭道：「可，如今的世界，若沒了皇帝，怎麼辦呢？」

姜無際笑道：「這還不簡單，皇帝人人能當，就隨便在你們文武百官之中推舉一個算數。」

百官都嚇壞了。「如何使得？不如在你們這群英雄之中挑一個。」

蘇透環顧眾人：「要挑哪一個？」

梅如是一直在外面守著莫奈何的屍體，殿內便只剩下霍鳴玉、音兒、黎青、黎翠四名女將與姜無際。

山膏道：「老大，只有你一個男的，你就勉爲其難的當當吧。」

姜無際乃炎帝之後，若要統治中原，倒也順理成章。

姜無際望著霍鳴玉笑道：「我才不想當皇帝。當我被困在時間迷宮裡、萬分絕望的時候，只有一個想法讓我堅持下去，那就是我一定要回到人間，跟霍姑娘過著神仙般的日子。」

霍鳴玉不由緊緊握住了他的手。

音兒罵道：「色痞子，只顧自己，自私得不得了！」

一個佞臣道：「下官倒有一個意見，就由這些女俠組一個執政團，輪流執政……」

另一個道：「或者，索性就由其中一個當女皇帝……」

又一個道：「對啊，眾位姑娘也可以三宮六院，每天換男人，豈不樂哉？」

音兒又想打那些大臣，又被霍鳴玉勸下。

再跑一次的理由

梅如是一直守在莫奈何的屍體旁，細心擦拭他身上的血污。

望著如此熟悉、親近的臉，她這才發現他在自己的生命中占據了最重要的位置。

但自己爲什麼總是對他不假辭色？爲什麼總是冷漠以對？

她耳邊又響起那個女人的聲音：「一定要等到他死了，才發覺他的好？」

梅如是心忖：「這人爲什麼老是在我腦中發話？她是誰？她跟我說這些是什麼意思？」

「妳是鑄劍師，當然會愛上擅於用劍之人，但他不一定是妳應該愛上的人。」那聲音又重複說道：「沒有經歷過生死患難的愛情都不偉大……都不偉大……」

梅如是抹乾淚水，站起身子走入垂拱殿，跪倒在姜無際面前：「小莫哥是我生命中最重要的人，求求你救小莫哥一命。」

姜無際仍涎著一張臉：「我救不了。」

「小莫哥從來不顧自己，總是顧念著別人，這樣的人怎能死於非命？」

黎青道：「是啊，他曾經捨命救過我們的父親。」

黎翠道：「他還曾經勇闖地獄，救了我姐姐。」

音兒道：「他也曾經救過我的夫君崔吹風。」

霍鳴玉道：「難道你忘了嗎？連你也被他救過。當初你被第五公子關在『天下第一莊』……」

姜無際搔頭不迭：「我當然記得。」繼而又一聳肩膀。「但我實在救不了他。」

梅如是氣道：「小莫哥才是大俠，你連他的一根手指都比不上！」

「我已經說過了，我才不想當什麼大俠……」

音兒又想用水箭去射姜無際，霍鳴玉只得拉著她一起走到殿外。

櫻桃妖這時醒了過來，她不管三七二十一的揪住姜無際：「你到底跑不跑？你不跑，我現在就閹了你！」

文武百官假意來勸，被櫻桃妖老大一頓爆栗子，頭都打腫了。

正亂個不休，忽聞殿外傳來音兒的驚叫：「鳴玉，妳怎麼啦？」

大家跑出去一看，霍鳴玉的身軀愈脹愈大，甚至比她化身成女巨人之後還要大上了好幾倍。

黎青尖叫：「妳快變回來，天頂都要被妳撐破了！」

霍鳴玉憂懼大嚷：「我變不回來啊！」

山膏猛然想起：「獨勝元堂的斬大夫說都是因爲姐姐吃多了櫰果的緣故。」

去年六月的拳鬥大會，霍鳴玉爲了阻止蚩尤和俞飈至的陰謀，吃下了大量櫰果，從此可以變身為女巨人；但是檴果這種東西，如若做成濃縮液，正常人連吃十五天就能變成三十丈高，霍鳴玉因為只吃果實，一年後才會漸漸發作。

姜無際急問：「發作了之後會怎麼樣？」

「也會變成三十丈高，而且……」山膏跌足。「而且，還有可能變成男人！」

姜無際呆住了。

山膏又道：「靳大夫配好了藥，原本今天就要去拿藥，他卻被亂兵殺了。」

姜無際雖是個色中餓鬼，但他對霍鳴玉的愛情可是半點雜質也無。

想起霍鳴玉一輩子都無法恢復正常，他心頭就如電殛火焚，抖擻起全身精力，想要施展追日神技，但只跑了兩步，便頹然仆倒。

「我……眞的跑不動了……」

群鳥發電機

天空陡然暗了下來，眾人詫異的抬頭一望，整座皇城的上空渾若罩下了一塊大布幕。

那是一個雁陣，萬餘隻大雁所結成的大陣。

雁陣上面還載著一個人，正是在邙山養雁贖罪的燕行空。

梅如是大叫：「燕大哥？你居然還活著？」

燕行空落至地面：「女媧大神傳信給我，若想逃過此劫，得看人類自己的造化。」

音兒怒道：「都已經這麼慘了，還有什麼造化可言？」

燕行空望向姜無際：「此人不是能夠扭轉乾坤？」

大伙兒都說：「可他已經跑不動了。」

燕行空一揮手，一萬多隻大雁竟把姜無際圍在中間。

櫻桃妖嗐道：「這是在幹什麼？」

燕行空沉聲道：「凡是生物的體內都有電能，並能傳達給其他的生物，姜總捕體內缺乏能量，這群鳥應該能夠補一些給他。」

大伙兒都懷疑。「眞的會有用嗎？」

「且靜觀其變。」

過沒一會兒，又有許多鳥兒飛了過來。

原來鳥兒最多事，若看見別的鳥類聚集，便也會來湊熱鬧。

大鵰、小隼、猛鷹、梅雀、烏鴉、冠鳩……愈聚愈多，到了後來，將近千萬隻鳥兒，密密麻麻的裹住了姜無際，令大家看著都頭皮發麻。

「別是把他生吞了吧？」

等到鳥群終於散開的時候，姜無際已經不見了。

再陷迷宮

時光之流中的格線、標竿、框架都變了樣。粗的、細的、方的、圓的……全都不存在，只有奇幻詭祕的光影閃爍與流水也似不可捉摸的線條。

姜無際跑了沒多久便知道自己完了，鳥兒們給他的能量還差得遠，他又陷入了那片純白的世界。

他絕望的飄浮在虛空當中，再度感受到那生不如死的恐怖滋味。

他飄到了一條白色的河流上方，看見一個純白色的巨人正坐在河邊洗腳。

這裡居然有人？姜無際胸中升起了一絲火苗：「喂，你是誰？你看得見我嗎？」

那巨人頭都不抬：「你這笨蛋，陷進來一次不夠，還被陷了第二次？」

「我上次怎麼沒看見你？」姜無際興奮大嚷。「你能幫我出去嗎？」

「當然不能。」巨人冷哼。「你的毛病如果不改，我再幫你多少次都沒用。」

姜無際哭了出來：「請您指點，我到底有什麼毛病？將來我一定改正。」

「你的毛病就是想要硬充英雄。」

姜無際一怔：「我沒有啊？」

「你外表裝得屌兒郎當，騙得過別人，須騙不過我。」那巨人冷笑。「你心裡壓根兒就是一直有這種想法，就跟我一樣。」

「你是夸父！」姜無際腦中靈光閃現。「你是我的老祖宗！」

「我沒你這笨子孫。」夸父直搖頭。

「唉，老祖宗，想當英雄也沒什麼錯嘛。而且，我真的沒這麼想過……」

「所以你是因爲愛情？那就更笨了！」夸父不屑。「霍鳴玉對你眞有那麼重要？」

「當然！」

「遊戲人間豈不是很好，何苦被一個女子綁住手腳？」

「但若沒了鳴玉，我根本遊戲不起來。」

夸父怒吼：「愛情眞有那麼偉大？你簡直無可救藥，去死吧！」伸手狠命一推，姜無際就輕飄飄的飛了出去。

還是卯時三刻

四月十五日清晨，卯時三刻。

文武百官都恭立在垂拱殿內，準備送上皇子誕生的賀詞。

腦中更爲混亂的趙恆勉強掛著微笑走進來，手上摩挲著那塊金剛石。

顧寒袖在行列中看見，矍然大驚：「怎麼小莫已經把女媧寶盒送進來了？」

他正想衝上前去警告皇帝，鮑辛已搶在前面，跌跌撞撞的跑向趙恆，口裡嚷著：「皇上，微臣有急事稟奏……」

他話還沒說完，趙恆的手指已摸上金剛石底部。

就在這時，姜無際從空中掉落下來，摔在地下「通」地一響。

殿內眾人被他嚇得團團轉。

姜無際勉力爬起，一把搶過趙恆手裡的金剛石。「這東西不能碰。」抖腕一拋，把那金剛石拋上了屋樑。

百官大驚：「有刺客！」

姜無際緊接著用盡剩餘的力氣，回身一拳，打在剛剛跑到趙恆身邊的鮑辛臉上。鮑辛被打得腦漿直噴，登時氣絕，藏在袍袖裡的短刀掉在地下。

姜無際已累癱了，趴跌在地。

「殿前指揮使」万齊方眼見自己與鮑辛的奸謀即將敗露，慌忙拔刀衝前，想要砍殺姜無際。

顧寒袖厲聲喝道：「住手！皇上面前豈能行兇？」

他已經歷過許多兇險，此刻挺身出面，自有一股大將般的威嚴，使得万齊方不敢輕舉妄動，只得悻悻道：「是他行兇……」

顧寒袖攔在姜無際身前：「此人必有同謀，需細細審問。」

趙恆驚魂甫定，連連點頭：「沒錯，先把他關入天牢。」

顧寒袖又直逼万齊方：「你爲何身懷利刃上殿？」

万齊方本想一不做二不休，但被他的威嚴鎮懾住了，竟爾動彈不得。

「把他拿下！」顧寒袖直接指揮禁衛親軍，又嚴命搜查文武百官，大家都不敢有任何異議。

沒多久便又從駱伯和身上搜出了短刀，當然也立刻丟入天牢。

終於拿到藥了

莫奈何度過了一個重複不停做著相同惡夢的夜晚，他夢見自己失足跌落懸崖，摔了個粉身碎骨，渾身痛得不得了。

昨夜被梳雲灌了不少酒，醒來後仍然天旋地轉。「唉，那個梳雲眞是要命，以後再也不跟她喝酒了。」

他上了「馬行街」，想去吃早餐，正遇見張小衰，寒暄幾句之後便一同走入獨勝元堂。

靳大夫微笑相迎：「霍大小姐的藥配好了，本來就在等一味珍貴的藥材，昨晚剛剛送來。」吩咐伙計取出一大袋調配好的藥丸：「一日三服，連續一個月就痊癒了。」又道：

「還好你找上了我，如果再晚上半天，霍大小姐的身體就會不停的膨脹，脹得像個巨人，一腳能把兩個你這樣大的人踩扁。」

張小袞失聲大笑：「你們這些大夫就愛危言聳聽，哪會這麼嚴重？」

靳大夫嗐道：「信不信由你，快把藥拿回去吧。」

終於吃了藥

兩人步出藥鋪，迎面碰上一名賣小報的小販，口裡吆喝著：「號外號外！前任洛陽總捕姜無際竟在皇上面前刺殺了副宰相鮑辛！號外！」

張小袞既喜又驚：「姜總捕回來了？大小姐跟山膏可要高興死啦！但他怎麼會在皇上面前刺殺大臣呢？」

莫奈何早餐也不吃了，跟著張小袞來到形意門總部。

張小袞一進門就大喊：「大小姐，姜總捕回來了！」

引得形意門上上下下一陣騷動，小紅豬山膏率先衝出，一跳就跳到莫奈何身上，興奮得快要瘋了。

莫奈何罵道：「死小豬，壓我怎地？」

山膏猛親他的臉頰：「我就知道你最厲害，一定是你把他弄出時間迷宮的，對不對？」

「干我啥事，你快下來，去告訴霍姑娘。」

霍鳴玉聽得這消息，自然喜不自勝，但當莫奈何說起他在皇上面前打死了副宰相的時候，她的胸中又開始窒悶膨脹，差點站立不住。

張小衰趕緊拿出藥來：「大夫說這藥要快點吃，否則妳到下午就沒命了。」

霍連奇罵道：「你就愛危言聳聽，哪會這麼嚴重！」還是催促霍鳴玉把藥服下，頓覺舒服了許多。「我們快去天牢探監。」

正式重逢

在顧寒袖的幫助之下，姜無際隔著鐵柵與霍鳴玉、山膏見面了，自有一番鼻涕眼淚、興奮叫嚷，不在話下。

姜無際先行鎮下情緒，發出警告：「你們看見的那個燕行空是假的，先殺了他再說。」然後又告訴他們如何提防溼婆的阿修羅大法、厲鋒是鮑辛的黨羽，形意門的倉庫裡藏有大量火藥等等，最後才說梳雲仍殘留著些許魔性，必須及早制止。

山膏怪問：「你怎麼知道這些？」

姜無際苦笑：「僅只今天我就已經來回跑了兩趟，這輩子我再也不追日了。」

遇仙正店內的大集合

一大早，梳雲便出了進財大酒樓，滿街亂逛。她滿腦子都是去酒店喝酒不用付錢的念頭，讓她嘀咕不已：「怎麼一直這麼想呢，眞奇怪。」

但她一看見酒店仍忍不住走進去問：「你們的酒要不要錢？」被轟出來幾次之後，她來到遇仙正店，還沒開口相詢，坐在角落裡的涇婆已招手喚她過去：「我這桌的酒不用錢，姑娘儘管喝。」

梳雲坐在他面前，笑道：「你這胡人眞大方……」忽然覺得他很臉熟。「嗯？我在哪裡見過你？」

涇婆正在等待鮑辛的行動，久久沒得著消息，心中狐疑不定。那夏耕之尸一早醒來，發覺世界照常運轉，毫無異狀，也自驚怪，便走上大街想要觀察情勢，三踅兩轉，也來到了遇仙正店。

至於厲鋒，他一早就聽說鮑辛已被姜無際打死，暗裡驚詫，也出了形意門總部，茫然無主的兜圈子，恰巧也進入店內。

梳雲體內的魔性已然泯滅，此刻一見夏耕之尸，羞愧難堪的心情占滿心頭，拔腿就往外走。

夏耕之尸一把拖住她，邪笑道：「怎麼，現在不喜歡見到我了？」

梳雲皺眉：「你放尊重一點。」

夏耕之尸哈哈一笑：「倒要我尊重了？可笑！」把臉一板。「妳這引路者的工作爲何沒有完成？」

梳雲不解：「什麼引路者？」

「難道妳沒把金剛石送入宮中？」

「干你什麼事？」梳雲逕欲往外走，又被夏耕之尸攔住。

梳雲正色道：「聽著，從前都是我的錯，現在我不想跟你再有任何關係。」

夏耕之尸邪笑：「這裡就有客房，我們再到房間裡去親熱一下……」

梳雲一巴掌就刷了上去，夏耕之尸出手格擋，兩人打得熱鬧，不防溼婆突起一腳，把夏耕之尸踢翻了好幾個跟頭。

梳雲笑道：「你這胡人挺不錯的……」話沒說完就被溼婆一把掐住脖子。

梳雲全身痠軟，一點力量都用不出來，怒道：「你想幹什麼？」

溼婆把她吊掛在大樑上：「妳是我的餌，馬上就會引來一群想要救妳的蒼蠅。」

店外立馬傳入嘈雜的人聲：「蒼蠅已經來了，你想怎麼辦？」

莫奈何、霍鳴玉等人已來到店外，他們得到姜無際的警告，知道溼婆已在店內布下了阿修羅大法的魔咒，所以都不進去，只站在外頭罵陣。

「去年四江口之戰的手下敗將，上次饒你不死，還不知足？」音兒罵得最兇。「你有種就站出來，再讓本姑娘修理你！」

「你們進來呀。」溼婆只想引他們入彀，死也不肯出去。

趁著雙方互相叫罵的當兒，呂宗布撐起羅達禮借給他的女媧寶傘隱形進入店內，揮劍割斷吊掛梳雲的繩索，把她放下。

夏耕之尸在旁發現，挺身攔阻，莫奈何的蓋天印已打了過來，正中他胸腹，他長在乳房上的雙眼都暴突而出，登時身亡。

溼婆一驚，忙作法唸咒——最起碼還有呂宗布與梳雲兩人可以陷害，但羅達禮的五色石也飛了進來。蓋天印則凌空轉了個圈兒，從另一方向擊落。同時間，崔吹風的火箭、音兒的水箭也都一起射入。

溼婆自知不敵眾人合擊，只得落荒而逃。

莫奈何大叫：「算你撿到了便宜，要不然你那第三隻眼睛不保。」

音兒笑道：「你再賴著不走，打得你一隻眼睛白內障、一隻眼睛青光眼、一隻眼睛黃斑部病變！」

厲鋒乘亂想從後門開溜，早被霍連奇一拳搗翻在地，本想殺了他，霍鳴玉急忙勸住：

「他還要上堂受審、做證呢。」

店內，梳雲緊緊抱著呂宗布：「郎君，有一件事我要跟你懺悔，我跟那個沒有頭的……」

幾經生死劫難，呂宗布的傲氣也被銷磨得差不多了，重嘆一口氣：「此事別再提起。」

梳雲痛哭失聲：「郎君，你眞好。我以後要當個小女人，也不再喝酒了。」

櫻桃妖冷笑不絕：「這多無趣呀？冷了天下英雌的心。」

審夢公堂

開封府衙可熱鬧了，從公堂一直喧噪到浚儀橋大街。

今日審判的主犯是前幾日在皇上面前打死了副宰相鮑辛的姜無際與叛臣駱伯和、万齊方，逆賊厲鋒。

姜無際事先便要求莫奈何、梅如是、燕行空、霍鳴玉、梳雲、呂宗布、羅達禮、黎青、黎翠、邢進財、芝麻李等人出庭爲自己做證，連文載道、薛家糖等人都不遠千里而來。

這並不稀奇，轟動京城的是，皇帝趙恆與皇后劉娥都被開封府以證人的身分傳喚，那日在垂拱殿內的文武百官也一個都沒少。

顧寒袖一升堂，先發下命令：「帶人犯駱伯和與万齊方上堂。」

他倆身懷利刃進入垂拱殿，自然是最有叛逆嫌疑的重犯。

兩人狼狽的上了堂，顧寒袖一拍驚堂木：「反賊鮑辛的同黨還有何人？快快招來！」

兩人當然大聲叫屈。「我們怎會是鮑辛的同黨？」

「你們身上揣著尖刀，罪證確鑿，還想狡辯，難道非要本府以重刑伺候，才肯吐實？」

兩人心知說也是死，不說也是死，便吃了秤砣鐵了心，硬是否認到底。

顧寒袖冷笑道：「本府也懶得跟你們瞎纏。」又一拍驚堂木。「帶人犯厲鋒。」

厲鋒畢竟出身江湖，為人光棍，當下一五一十的供出了鮑辛的反謀，並說本有天竺的大神淫婆助陣。

顧寒袖喝道：「滿嘴胡言，何來什麼淫婆大神？」

莫奈何等人在堂下都辯說：「府尊，確實有淫婆這號正神。」

顧寒袖一怔。發話的人都是他的好伙伴，鬧得他不知如何反應，只得把臉一板：「公堂之上休得怪力亂神！」

櫻桃妖化身為粗壯大娘，拉直了嗓門大喊：「若不怪力亂神，只怕你審不下去。」

百姓們笑得打跌。

顧寒袖怒掃堂下一眼，又令：「帶人犯姜無際上堂。」

姜無際一搖三晃的來了。當初他在洛陽擔任總捕，享有盛名，於是百姓都拍著手，唱起了當時流行於洛陽的童謠：「姜無際，眞有計，追兇辦案數第一，手段獨特是祕密。」去年四月間劉娥曾經見過他一次，深知他有超凡的本領，悄聲對趙恆道：「此人蹊蹺得緊，須得仔細聽他說些什麼？」

顧寒袖問道：「姜無際，你侵入垂拱殿，在聖上面前毆殺朝廷命官，該當何罪？」

姜無際摳了摳脖子，笑道：「鮑辛既是叛逆，如何又是朝廷命官？」

顧寒袖當然已知內情，只是公堂上必須做個樣子，厲聲喝問：「當時鮑辛的反謀尙未顯露，你如何知道他是叛逆？」

姜無際乾咳兩聲，考慮著該當怎樣回答？

莫奈何在堂下應道：「姜總捕有穿梭時光的本領，能預知未來、回到過去。」

萬眾譁然，從堂內一直囂鬧到大街上，都嚷：「眞是胡說八道！」

顧寒袖一拍驚堂木：「公堂內外休得喧譁，否則亂棒伺候。」盯著姜無際道：「你且慢慢道來。」

姜無際環顧在場眾人，緩緩說出大宋江山兩度遇劫的情形。

他的口供又讓所有人渾身一震。今日清早起床，一直盤繞在他們腦海裡的混亂畫面，都被他說得歷歷如眞。

百姓們都大叫：「昨晚做了兩個惡夢，先被騎兵殺，後被步兵殺，經過的情形都跟姜總捕說的一模一樣！」

趙恆、劉娥都楞住了。「哪有人可以說中百萬群眾的夢境？」

百姓又嚷：「把那幾個帶隊的殺人兇手抓來治罪，太可惡了！」

於是，徐柑、鞠止、柳承等禁軍都指揮使都被喚上堂來。

顧寒袖厲喝：「汝等怎敢屠戮百姓？」

三人呼天搶地：「哪有這回事？我們剛剛起床，殺了誰呀？」

顧寒袖仍不放過，亂敲驚堂木：「是誰下的命令？」

三人又叫：「冤枉啊！」繼而都眼望趙恆，好像是在說：「官家，你還不承認？」

劉娥趕忙岔開話題：「你再說說宮內發生了什麼事？」

姜無際壓低嗓門：「殿下與李宸妃躲在坤寧宮的密室裡，第一次處女宮沒能攻入，但第二次就死於駱伯和之手。」

劉娥與趙恆大為震驚，俱皆心忖：「他怎會知道坤寧宮的密室？」

趙恆又追問：「朕被何人所殺？」

姜無際說得更小聲：「第一次是被魔王魔羯宮控制，後來天蠍宮殺了您。第二次則是鮑辛，連提醒一聲都沒有，一刀就刺了進去！」

趙恆、劉娥不禁冷汗直流。

宰相柴鎔又問：「你剛剛提到的魔王是何模樣？」

姜無際把十二星宮魔王從頭到尾細述了一遍，在堂下旁聽的文武百官都連連點頭。

「一點沒錯，夢裡的十二個魔王就是那副德性。」

顧寒袖道：「那塊釋放出魔王的金剛石該當拿來當作呈堂證物。」

趙恆道：「朕已派人取下姜總捕甩在垂拱殿大樑上的金剛石，因爲連番惡夢之故，朕想把它毀掉，但那東西異常堅硬，不管怎麼樣都毀不了半絲半毫，現正鎖在內苑的『太清樓』內。」

姜無際道：「官家毋須擔憂。命定的時間已過，那盒子再也打不開了。」

趙恆命令內侍把女媧寶盒拿了過來。顧寒袖傳命莫想通、莫仇巧、大南瓜三人上堂。金剛石交到莫想通手裡，九十五歲老頭兒的眼睛閃亮得如同初戀少女。「好精巧的機關！這絕對不是人類能夠造得出來的。」

「它以後還會打開嗎？」

「那要等到一萬年以後了。」

既然有了莫想通的認證，趙恆不得不信服，況且他近來遭遇過不少神怪之事，更符合了他神祕主義的傾向，便即轉對姜無際道：「姜總捕眞乃神人也。」

姜無際聳了聳肩膀：「官家過譽了，我只不過是個色痞子。」

千萬百姓爆笑如雷。

顧寒袖怒拍驚堂木：「公堂之上休得嘻皮笑臉！」

趙恆兀自不停感謝姜無際拯救了大宋的江山社稷。

姜無際望著霍鳴玉：「我並不想拯救什麼東西，只是為了我的心上人而已。」

霍鳴玉不料他當眾表白，饒是女中英傑，仍不免羞赧難當，小快步跑出公堂。

「原來你只是為了愛情？看不出來你還是個癡情種子呢。」劉娥抿嘴一笑。「你說你是個色痞子，為何獨獨鍾情於某一個女子？」

姜無際誠摯地說：「我與鳴玉幾經生死患難，不離不棄，這才是男女之間最重要的吧。」

這番話使得劉娥連連點頭，並在公堂上引起了不少連鎖反應。

音兒握緊了崔吹風的手。梅如是腦中又響起那個奇怪女子的聲音：「沒有經歷過生死患難的愛情都不偉大。」「依我看，小莫道長才是妳的情人吧？」

羅達禮則想起自己與黎翠曾一同被地獄之火焚燒，又一起被魔王所殺，他偷偷瞄向黎翠，卻發現那薛家糖也在偷瞄黎翠。

黎翠正好坐在兩人中間，隔著相同的距離。她雖曾與羅達禮共過多次患難，但溫柔體貼、代她受過的薛家糖是她心上最甜蜜的負擔，在她離開百惡谷之後，無時無刻都在掛念他。

黎翠迷惘了。她該怎麼辦？

被逼入死角的梅如是

瀰漫於公堂上的溫馨之情，使得櫻桃妖渾身雞皮疙瘩直掉，冷哼道：「人類的愛情有什麼偉大之處，都只不過是性慾作祟而已。」

姜無際笑道：「洪櫻桃，當妳在百惡谷被天秤宮殺死的時候，小莫曾說他願意把他的元陽統統都給妳。」

櫻桃妖大喜：「好哇，小莫，這可是你說的，等下我們就……嘻嘻！」

莫奈何趕緊否認：「哪有這回事？都是他亂掰的。」

姜無際又道：「而當小莫的飛車墜落在垂拱殿外，臨死之際，妳說只求他能活過來，不想要他的元陽了。」

莫奈何大喜：「好哇，這可是妳說的，千萬別反悔！」

櫻桃妖連忙否認：「哪有這回事？都是他亂掰的。」

姜無際笑道：「我要亂掰的事情還多著呢。」又眼望梅如是。「梅姑娘可記得跟我說過什麼嗎？」

梅如是一陣慌亂：「那都是夢裡的話，做不得準。」

「所以妳的夢裡還是有妳的小莫哥？」姜無際笑得很可惡。「妳跪在我面前懇求我救小莫，妳還說：『小莫哥是我生命中最重要的人。』」

梅如是大叫：「我才沒有！」

「妳還罵我：『小莫才是大俠，你連他的一根手指都比不上。』」

莫奈何只覺腦中一陣暈陶陶，傻笑著望向梅如是。

梅如是狠瞪他一眼，飛快的起身離去。

本書最短的一章

姜無際笑道：「小莫死了兩次，終於贏得佳人芳心。」

櫻桃妖氣極了：「你這個王八，爲什麼不死八次呢？」

妖人的刑期

顧寒袖眼見梅如是芳心歸屬已定，不由黯然神傷。

趙恆在旁提醒著：「顧愛卿，該宣判了吧。」

顧寒袖的滿腔悶火全放到了驚堂木之上，用力一拍，差點把那木塊拍成碎片。「本府判逆賊駱伯和、万齊方、厲鋒一併斬首！」

萬眾齊聲叫好。

趙恆也爽在心裡。他本來就討厭鮑辛，但因太祖傳下的祖訓，不得胡亂殺戮臣民，所以一直隱忍。姜無際那日殺了鮑辛，正中他下懷。當即傳旨，顧寒袖、柴鎔、寇世雄、蘇透、徐柑等人都是忠臣，顧寒袖由「權知開封府」晉升為「開封府尹」，這可是親王等級才能享有的殊榮，蘇透拔擢為參知政事也就是副宰相，其餘眾人俱各賞賜有差。

大審至此本該圓滿結束，顧寒袖可又翻臉了：「姜無際無故入侵垂拱殿，今日又在公堂之上胡言亂語，實乃妖人，本府判你終身監禁！」

在千萬群眾的錯愕聲中，逕自退堂。

溫柔的開始

姜無際的獄中歲月挺愜意，專屬的柔軟大床，專屬的銀漆馬桶，每日三餐都是大菜。

這日，霍鳴玉、山膏獲准探監。

姜無際隔著鐵柵，握住霍鳴玉的手卿卿我我：「我陷在迷宮裡的時候，一直想著妳……」

山膏不滿噘嘴：「你都不想我？」

姜無際陪笑：「當然也有囉。」

梅如是也來探監，還帶了幾本姜無際最愛看的平話。

山膏不管三七二十一，兜頭就罵：「妳那表哥判的什麼案？妳們一家子亂！」

梅如是一肚子悶氣，可又無言以對。

過沒一會兒，莫奈何也來了，悄聲道：「顧兄只是嘴上說說，做個樣子給百官與百姓看而已。你們且放寬心，官家昨天已經告訴我，頂多一個月就會大赦天下了。」

山膏仍然不爽：「我老大句句實話，顧寒袖那混帳王八羔子卻說他在公堂上胡言亂語，這就不對。」

大伙兒只能安撫牠，牠偏哪壺不開提哪壺，單單挑了梅如是逼問：「他胡言亂語了什麼？妳摸摸良心，妳有沒有說過，小莫是妳生命中最重要的人？有沒有？有沒有？有沒有？」

梅如是又羞又急，想打小豬卻打不著，跺了跺腳，轉身離開。

莫奈何跟了出去，走在她身邊，伸出兩根指頭想勾她的手掌，被她兕不拉嘰的甩開，他只得訕笑著搓著手，離得稍微遠了些。

山膏唉了一大聲：「笨蛋，勾一次不成，不會去勾第二次啊？說不定第二次就不會被甩開了。」

霍鳴玉罵道：「唉喲，死小豬，你管人家呢？」

山膏涎笑：「我沒看見他倆上床就心有不甘。」

話沒說完，就被櫻桃妖一腳踢出老遠。

正史遺漏的兩天

莫奈何轉往門下省「編修院」去找負責撰寫「起居注」的官員。

翰林學士們都道：「原本是由蘇舍人負責，但他已高升爲副宰相，現在由郭舍人負責。」

那郭舍人邋遢得不像話，一襲青衫可以製造出幾百條縐褶，鬍子不知多少天沒刮，正坐在桌前搖頭晃腦的瞎吟哦。

莫奈何恭敬的走到他面前：「郭舍人，有件事想跟你商量一下。」

郭舍人頭都不抬，從鼻子裡哼說：「啥事？」

莫奈何道：「想要請教，姜總捕那日在公堂上說出的『失落的那兩天』，有沒有記錄下來？」

郭舍人大皺其眉：「神怪之說豈能載入正史？」

「但有開封府的公堂上錄下的口供爲憑……」

郭舍人怫然變色：「你到底有沒有知識？罪犯的口供也能寫入正史？再者，怎能有三個庚戌年四月十五日？」

莫奈何堅持：「總而言之，正史不該漏掉這兩天。」

「你懂什麼正史？給我滾出去！」郭舍人拿起桌上的硯臺，就想敲莫奈何的頭。

莫奈何怒道：「你好大的膽子，你叫什麼名字？我一定要在官家面前參你一本！」

郭舍人挺胸大喊：「行不改名，坐不改姓，姓郭名箏的便是！」

莫奈何戟指進逼：「好你個郭箏，你到底記是不記？」

「你別以爲你是八印國師就可以命令我。」郭箏扔了硯臺，又拿了把裁紙刀橫在自己的脖子上，厲聲道：「你敢逼我，我就死給你看！」

莫奈何無可奈何，只得狼狽退出，邊自喃喃：「瘋子！這些史官都是瘋子！」

——全文完——

補遺

宋朝街坊市井上的空拍機

郭箏

創作者難為。

大部分的創作者都像一株蔓藤植物，慢慢的沿著石壁往上爬，好不容易碰到了一個著力點，就緊緊攀住不放，生出根來纏住它，也不管這著力點是好是壞。把這個纏完了之後，再繼續往上尋找另外一個完全不相干的著力點，所有的努力重新再來一遍。

創作者當然永遠都要保持實驗性與獨特性，不能成為工廠的生產線。但蔓藤式的生產方式，確實能把年輕飛揚的生命熬耗成一堆灰渣，爬得再高也不會變成一棵大樹。

於是聰明的創作者發展出縱向與橫向的思考，縱向的就成為大河系列式——《哈利波特》、大仲馬的《三劍客》等等；橫向的就成為單元連續式——「福爾摩斯」、「衛斯理」、「楚留香」等等。

這兩者相同的地方在於，主要、次要人物都是一樣的，最不相同的地方在於，大河式的人物關係會轉變，哈利最終沒有和妙麗配成對；單元連續式的人物關係則不能改變，福爾摩斯和華生總不能突然變成了仇人或同志，就算某一個單元發生了這種情形，也要在這個單元的結尾讓人物關係回復原狀，否則讀者若漏掉了一個單元沒看，後面就莫名其妙了。

除了這兩種常見的系列之外，另有一個奇才創造出第三種系列，而他竟被臺灣的出版界長期忽略了——巴爾札克。

此人是十九世紀法國的小說大師，他創造出一種「人物再現」的技法，就像一部空拍機在當時的巴黎上空盤旋掃描，某一部的主角是A，早上出了門，跟雜貨店老闆B聊了一會兒天，再往下走，跟擦鞋匠C起了衝突，打了一架……直到本篇故事結束；空拍機繞了一圈回來，對準雜貨店，另一部的主角則變成了B，他站在店前跟擦鞋匠C閒聊了幾句，然後走向市中心，他的故事又如何如何；空拍機再次迴旋，照著擦鞋匠C，他又如何如何。

我的理解不曉得對不對，因爲當我大量耽讀翻譯小說的民國六十年代，在臺灣只找得到兩本巴爾札克的小說——《高老頭》與《邦斯舅舅》，而他的《人間喜劇》系列則有九十一部之多！

這種空拍機式的技法一直迷惑著我，彷彿有著一種造物主的權威與快感。

幾年前，偶然得到了一個可以發展這種系列技法的機會，植基於一部奇怪的古書《山海經》。

這本書乍看之下有點無聊，多半都是哪裡有座山，哪裡有條河，山上、河裡出產些什麼東西。然而細看之下，才會發現其中蘊藏著不少寶藏，許多寫得很簡單的故事都極具戲劇張力。幾千年來竟無人好好的延伸一下，空置這座寶山於虛無荒漠。

但如果只寫神仙與妖魔戰鬥的故事，肯定乏味，又像極了電腦遊戲，所以當然得加入人的質素，讓它變成人、神、妖共同組成的故事。

我所面臨最大的問題是，如何把這些碎片連綴起來？大河式與單元連續式都不管用，巴爾札克的《人間喜劇》於焉從記憶底層浮現。

用十九世紀法國小說大師的技法來演義中國最古老的神話，僅只這念頭就讓我興奮不已。

我當起了空拍機，把時空座標設定在西元一〇〇九年的宋朝，《山海經》裡的崑崙山眾神重出世界，與凡人交織演出一幕幕的悲喜劇。

之所以把背景放在宋朝，是因為我覺得宋朝是最具現代感也最引起我興趣的朝代。

唐朝的城市仍處於中古時期，首都長安雖然雄偉，但市民階級尚未形成，居民都是皇族、政府官員、禁衛軍與他們的家眷。一座大城包著一百零八個小城（就是所謂的坊），走在一百五十公尺寬的「朱雀門大街」上，只能看見一堵堵的坊牆，根本瞧不見坊內的市況與住家，如果拍起電影，還眞不知要怎麼拍；入了夜，便禁止任何活動，商店關門、居民禁足，換句話說，夜戲只能在家裡上演，外頭啥也沒有。

宋朝的城市則一派現代作風，自有〈清明上河圖〉為證，商店開在了大街邊，夜市林立，商業繁榮，科技高度發展，市民階級開始崛起，訟師滿街跑，市民得閒便去「勾欄」看戲聽歌，或「捶丸」為樂，也就是打高爾夫球，或「蹴鞠」競賽，也就是踢足球，連女子都可以組隊參加，表演各種花招。他們還喜歡談論「十二星宮」，閒極無聊的蘇東坡替兩百多年前的韓愈算命，算出他與自己同是魔羯宮，所以同樣顚簸終生。

宋朝皇帝的寬容親和更是超邁古今中外。隨便舉個例子，《宋史．儀衛志》記載，皇帝出巡，百姓不須跪拜迎接或迴避，閒雜人等甚至會跟著皇帝的鑾駕亂走，大呼小叫、大驚小怪，來到繁華的市街上，也不禁止士庶站在樓上憑欄俯瞰，難道不怕他們扔磚頭或破鞋子下來？

宋仁宗時，有一個大臣宋庠覺得實在太沒規矩了，便參酌漢唐古禮，制定了一大套嚴格的規範，豈料宋仁宗一看，認為過於嚴苛擾民，完全不予採用。如今號稱民主社會的各國領導者的車隊，能不汗顏？

至於一〇〇九年，中原並無大事，但周邊的國家卻都發生了重大的變化——北方的「大遼」，掌政二十多年且頗為傑出的蕭太后薨逝；東北的「高麗」發生政變，國君王誦險被奸臣金致陽篡位，他急召大將康肇平亂，之後仍被康肇所弒；南方的「大瞿越」（現在的越南北部）也發生政變，泉州人李公蘊推翻了「黎朝」，建立「李朝」；西南的「大理」則是先皇駕崩，新皇繼位。

以往的歷史、神怪或武俠小說，背景泰半以中原爲主，我有意拓寬視野，把我的空拍機架在由小道士莫奈何駕駛的「奇肱國」飛車上，飛在天上看世界，因爲《山海經》裡提到許多民族的起源，若能描繪出遼闊的空間感才符合《山海經》的風格。

只希望古老的經典能夠煥發出新的光彩，被人遺忘的神明能夠找到回家的路。

國家圖書館出版品預行編目(CIP)資料

大話山海經：伏魔者聯盟／郭箏著. -- 初版. --
臺北市：遠流, 2019.07
面； 公分. -- （綠蠹魚；YLM29）
ISBN 978-957-32-8581-6（平裝）

863.57 108008886

綠蠹魚叢書 YLM 29

大話山海經：伏魔者聯盟

作　者／郭　箏

總 編 輯／黃靜宜
執行主編／蔡昀臻
封面繪圖、設計／阿尼默
美術編輯／丘銳致
行銷企劃／叢昌瑜、李婉婷

發 行 人／王榮文
出版發行／遠流出版事業股份有限公司
地　址：台北市 100 南昌路二段 81 號 6 樓
電　話：（02）2392-6899
傳　真：（02）2392-6658
郵政劃撥：0189456-1
著作權顧問／蕭雄淋律師
2019 年 7 月 1 日 初版一刷
定價 260 元

ISBN 978-957-32-8581-6
遠流博識網 http://www.ylib.com E-mail: ylib@ylib.com